田沼スポーツ包丁部！

イラスト／あめのん
本文デザイン／幻冬舎デザイン室

田沼スポーツ包丁部!
contents

第一話 いったいなんでこうなった

結んで、ほどいて、手を打って結んで。またほどいて手を打って……って、これはちょっと違うな。

頭の中で、勝手に歌詞を変えた童謡を歌いつつ、大地はナイロンザイルを結ぶ。

勝山大地は現在二十二歳、もうすぐ二十三歳の誕生日を迎える『株式会社田沼スポーツ』営業部の新入社員である。

高校、大学と無難に進学、就職戦線はかなりの売り手市場という噂に呑気に構えまくっていたら、それはもっぱら理系、あるいは有名大学という落とし穴が出現。都内ならともかく、一歩外に出てしまえば『どこそれ？』なんて訊かれかねない大学かつ文系である大地は肝を冷やす思いだった。

それでも、高校時代の赤点連発という悲惨な成績、大学でも単位落としまくりで万年留年危機という状況を考えれば、スポーツ用品メーカーとしてはそれなりに知られている

『田沼スポーツ』に入社できたのは上等の部類だろう。その証拠に、この会社から内定をもらったと聞いた両親は、手を取り合って喜んでいた。

日頃から決して仲が良いとは言えない両親のこの有様に、いったいどれほど悲観していたのだ、と情けなくなった。けれど、このふたりは、ひとり息子の大地がなにかしでかすたびに責任の押し付け合いから喧嘩になることがたびたびあった。大地はつくづく、新たな火種を与えずに済んで良かったと胸をなで下ろしたものである。

ところが、新入社員研修が終わったとたんに襲ってきたのは、絵に描いたような『こんなはずじゃなかった』だった。

なにより予想外だったのは配属先だ。

大地がこの会社を選んだ理由のひとつは、中学、高校と陸上部に所属し、スポーツ用品に馴染みが深かったことにある。高校の途中で膝を故障して部活を続けられなくなったとはいえ、その後、純粋に楽しみのために走るようになった。履きつぶしたスパイクやランニングシューズは数知れず、スポーツウエアだって何十着となく使った。どこのメーカーがどんな特徴を持っているかだってちゃんとわかっている。陸上用品には愛着があったし、『田沼スポーツ』なら過去の経験を生かせると考えたのだ。

だが蓋を開けてみると、研修を終えて配属されたのは営業部、登山やキャンプに使う用品を売る部署だった。

陸上と登山では用品はまったく異なる。登山用品にもスパイクというものがあるが、大地が知っているのはただひたすら速く走るためのもので、岩や氷にがしがし打ち込んで身体（からだ）を固定するためのスパイクなんて手に取ったことはなかった。ましてや、ハーケンやピッケル、大容量のリュックや極寒の中でも安眠できる寝袋なんて、一生関わることなどないと思っていたのである。

自分が扱うことになる商品を見せられたとき、あまりの物々しさに、大地は、俺は水平移動がもっぱらで、百メートル単位の高低差なんかとは無縁の世界で生きてきたんだ！と叫びたくなるほどだった。いや、実際、研修の途中で何度か口にした。もちろん、独り言のレベルだったけれど……

こんなことならいっそ第二希望だった食品関係の会社、あるいは飲食業に就職すればよかった。

それなら陸上部をやめてから勤（いそ）しんだ料理や、大学時代に喫茶店のアルバイトで磨いた接客スキルが役に立っただろう。なんの因果で連日ロープワークやテント設営の練習をする羽目に陥ってるんだ！　と天を恨みつつ、大地は登山用品と格闘した。

特に難物だったのはロープワークで、いくらテキストを見てもちっとも理解できない。

堅牢に結ばれているのにある一点を引くとするりとほどける、なんて手品師でもない限り無理だとため息の連続。先輩社員に言われるままにロープを動かして、なんとか結べたときもあった。だが、いざひとりでやってみるとやっぱり上手(うま)くいかない。

これでいいはず……といったん机の上に置き、今度こそという願いを込めてロープを引っ張るが、結び目はびくともせず、さらに堅く締まってしまうのだ。

結局、俺はどうしようもなく不器用だってことだ……

入社したばかりのころ、大地はそんな絶望とともにナイロンザイルと説明書を見ていた。ほどけちゃ困るから結ぶんだろ？　だったらずっとそのままでいいじゃないか！　そもそもうちの会社はロープを売る会社で、使うのは客だ！　俺が結べる必要はない！　なんて無責任そのものの考えが頭を過(よぎ)った。

「いったん結んだらほどけないロープのほうが、次々新しいのを買ってもらえていいじゃん……」

そのとき、大地の独り言を聞きつけた先輩社員が呆(あき)れたように答えた。

「勝山、それは短慮というものだよ」

彼の名前は佐藤肇(さとうはじめ)。入社五年目の先輩社員で、配属早々から大地の教育係となっていた。

新入社員には必ず教育係がつくことになっているが、相性が良いとは限らない。実際、同期で入社した者の中には先輩と上手くいかないと嘆く者も多い。そんな中、佐藤との相性がぴったりだったことは幸運としか言いようがない。もちろん、佐藤が大地に合わせてくれているのは明白だが、その人間性も含めてラッキーそのものだった。

佐藤は大地と異なり、そもそもアウトドアに造詣が深かった。両親の趣味がキャンプ、ハイキング、時々登山という感じだったらしく、彼自身も高校以降登山部に所属、大学時代は海外での登山経験もあるそうだ。もっとも、彼は、自分が属していたのは登山部ではなく『冒険部』だったと主張している。活動は登山に留(とど)まらず洞窟(どうくつ)に潜ったり、無人島でサバイバルをしてみたり、と多岐にわたっていたそうなので、確かに『冒険部』と銘打って間違いないだろう。

『包丁部』という名の料理部に属していた大地としては、実態と名称が異なるなんてよくあること、それも含めて佐藤に対する親近感を増す結果となった。

ともあれ、サバイバル上等、ロープぐらい目を瞑(つむ)っていても結べる佐藤にとって、大地のロープワークは悲惨そのものだったに違いない。それでもあきらめることなく、何度でも繰り返し教えてくれる佐藤の姿に、これぞ『できない子ほどかわいい』というやつかと情けなくなったものだ。

本人は、千里の道も一歩からだと笑ってくれたが、さすがに千里は長すぎる。もう少し短い距離で目標に到達したかった。

ため息満載で、こんがらがったロープをほどく大地に、佐藤は言った。

「アウトドアっていうのは、常に危険と隣り合わせなんだ。特にロープが担う役割は大きい。ロープワークがスムーズにできるのはすごく大事なことだよ」

「でもそれ、売るほうにも関係あるんですか？」

「あるに決まってる。少なくとも基本的な結び方ぐらいわかってないとデモひとつできない」

同じように見えるロープであっても、製品ごとに特徴はある。ちょっとした差がわかるのは自分が使いこなせてこそのことだ。お客さんに訊ねられても、実際に目の前でするするとロープを結んでみせられるのと、そうでないのとでは説得力が違う、というのが佐藤の主張だ。

そう言われてみればそのとおりなのだが、実際にロープを買うときに試しに結んでみてくれなんて言う客がどれほどいるのか大地には疑問だった。しかも、自分たちが相手にするのは末端消費者ではなく、仕入れ業者なのだ。こちらがやらなくても、さっさと自分で結んで確かめるだろう。

ところが佐藤は、そういう問題ではないと顔を顰めた。

「自分の会社の商品をまともに使えないような人間が信用されると思うのか？　ロープに限らず、テントや寝袋、靴にリュックまで俺たちが扱ってるのは、どうかすると命を左右する用品ばっかりなんだぞ？　そんなものを信用できない人間から買う奴はいない」

二の句が継げないとはこのことだった。

それ以来、大地は佐藤に教えを請いつつ、ロープワークやテントの設営を繰り返した。実際に登山に必要なグッズを詰め込んだリュックを背負い、会社の階段を上がったり下りたりして、身体への負担を体感してもみた。その結果わかったのは、同じ内容物でもリュックへの詰め方ひとつで、肩や腰にかかる負担は全然違うということだった。

「甘く見てました……。なんていうか、ノウハウの蓄積ってすごいっす……」

「な？　商品の使い方まで含めた提案ができるかどうかって、大事だろ？」

「よくわかりました」

かくして大地は、自分の部署で扱う商品を片っ端から試し、その商品の長所を最大限に引き出せる使い方を習得した。時には自社製品を携えてハイキングやキャンプに出かけることもあったが、行き先はたいてい佐藤が選んでくれたし、予定が合えば同行すらしてくれた。

おかげで入社半年を待たず、いっぱしの野外活動家になることができた。もちろんそれは、いわゆるグッズの扱いに限定されたけれど、商品説明をしている姿だけ見れば、とてもじゃないが半年前までロープひとつ結べなかった男とは思われないはずだ。

「OK。これでもう取引先だってひとりで回れるな」

佐藤のお墨付きを得て、大地は、やったー！　と拳を突き上げた。

それは六月に入ったばかりのころの出来事だったが、秋を迎えようとしている今でも、大地は週に一度はロープワークの練習をする。今では鼻歌交じりに結んだりほどいたりもできるようになったが、もともと器用な質ではないし、頭脳明晰とはほど遠いという自覚もある。いつ客に求められてもスムーズに実演できるよう、反復練習は欠かせなかった。


夏が終わり、秋の行楽シーズン到来間近となった九月半ば過ぎ、大地は佐藤とともに小会議室に呼ばれた。呼び出したのはふたりの直属上司で、アウトドア関連グループ商品部係長の住田幸雄だった。

住田は大地が部屋に入るなり問い質した。

「勝山君、君はいったいなにをしたんだ！」

「なにって……？」

「ついさっき、関根専務から電話があった。大層ご立腹で、うちとの取引は考えさせてもらうとおっしゃってる」

「関根専務……？」

誰だそれ……と言わんばかりのきょとんとした顔に、さらに怒りを募らせたのか、住田の声が大きくなる。

「内藤商事の関根専務だ！　君は今日、内藤商事に行ったそうじゃないか。そこでなにか失礼なことをしたんじゃないのか？」

「内藤商事には行きましたけど、特に失礼なことなんて……」

　そもそも関根『専務』という人物に記憶がない。大地が会ってきたのは、関根は関根でも関根『係長』。激怒して取引先に電話をしてくるなんて想像もできないような、冷静そのものの女性だった。今日は新製品のコッヘル、つまり携帯用の調理器具のセットを紹介したのだが、いくつかの質問を受けたものの、対応はごく普通で感情を害した様子など微塵も見られなかったのだ。

　そのとき、困り果てた大地の袖をちょっと引っ張り、佐藤が言った。

「関根専務は関根係長のお父さんだよ。ついでに、内藤商事の社長は関根専務の奥さんのお父さん、つまり関根係長は社長の孫」

「なるほど……」

人間関係はわかった。だが、それと苦情電話とは無関係だろう。関根係長が社長の孫であろうとなかろうと、今日の商談は相手を怒らせるようなものではなかった。むしろ、関根係長は新製品を気に入ってくれて、この週末にでも試してみたいからサンプルを置いていってくれないか、と頼んできたほどなのだ。もちろん大地も快諾、コッヘル調理に適した料理まで紹介し、大いに感謝された。あのやりとりのどこが不興を買ったのかまったくわからなかった。

大地の説明に、住田は苦虫を嚙みつぶしたような顔で答える。

「商談に不備はなくても、なにか失礼な言葉でも使ったんじゃないのか？　たしか関根係長は女性だったよな？　何気ない言葉をセクハラまがいに捉えることだって……」

「関根係長は有能で理性的な方です。筋の通らないことはおっしゃいませんし、非常に大らかな性格ですから、多少のことでセクハラなんて騒ぐことは考えられません。ましてや、父親に告げ口して苦情を入れさせるなんてあり得ない」

そこできっぱり言い切ったのは佐藤だった。だが住田はまったく納得しない。

「そういうのに限って、あとで言葉のひとつひとつを思い返してねちねち言い始めたりするんだ。どれだけ理性的だって、所詮は女じゃないか。終わった話を蒸し返すのは女の特徴だ」

「それこそセクハラです」

佐藤がばっさり切り捨てた。至って落ち着いた声だったが、大地には彼が怒りを我慢していることがはっきりわかる。なぜなら佐藤は、怒れば怒るほど冷静になるタイプだし、太腿(ふともも)の脇(わき)に垂らした拳が白くなっている。相当な力で握りしめている証拠だった。

そもそもこの住田という人物は、男尊女卑が甚だしい。自分自身がセクハラ発言を周囲から咎(とが)められることも多く、そのせいで他人も同じだと思っているのだろう。

さらに彼は、佐藤にまで文句を言い始めた。

「だいたい、教育係の君がしっかりしてないからこんなことになるんじゃないのか？　勝山君はまだ入社半年にしかならない。接客スキルも低いだろうし、商品知識だって満足とは思えない。内藤商事にひとりで行かせるには力不足だったんだろう」

「お言葉ですが、勝山は学生時代ずっとアルバイトで接客をやってました。マナーはしっかり身についていますし、商品知識も十分です。なにより、今日持参した商品はつい最近開発されたばかりのもので、勝山は何度も自分で使ってみてちゃんと特性を摑(つか)んでいます。こいつ以上にこの商品を説明できる人間なんていません。いるとしたら開発部の連中ぐらいのものです！」

怒り満載の佐藤とは裏腹に、大地は思わずにやにやしそうになる。

佐藤は嘘をつかない人物だ。その佐藤が、『こいつ以上にこの商品を説明できる人間はいない』と断言してくれたのだ。わざわざ休みの日に川原に出かけ、ひとりで煮炊きを繰り返した甲斐があったというものである。佐藤に言えば付き合ってくれることはわかっていた。それだけに、何度も頼むのは申し訳なくて、大地はひとりで行くことにしたのだ。

晴れている日だけでなく、小雨の日、さらには土砂降りに近いような日にまでコッヘルを抱えて川原に行き、調理用のバーナーでカレーや味噌汁を作ってみた。従来品も一緒に持っていって比較もしてみたし、駄目になるのも承知で空焚きまでしてみた。

家に帰って真っ黒になったコッヘルを磨きつつ、空焚きしても損なわれなかった品質に感嘆したりもした。そういった実証を繰り返した上で、大地は内藤商事に出かけ、あのコッヘルをすすめたのである。従来品よりも数段優れているという自信があったし、それだけに説明にも熱が入った。

だからこそ関根係長もこの商品に興味を持ち、家で試してみたいと言ってくれたのである。

「もし俺が同行していたとしても、勝山より上手く説明できたとは思えません。なんなら、今ここで同じ説明をさせましょうか？　そのかわり、係長がこのコッヘルをふたつみっつ買い込むことになっても知りませんからね！」

それぐらい勝山のトークはすごいんですよ、と怒濤の勢いで詰め寄る佐藤に、住田はたじたじだった。だが、ポケットから取り出したハンカチでわざとらしく汗を拭い、なおも言う。

「勝山君がちゃんとやったことはわかった。だが……関根専務はやっぱり不満だったらしい。その証拠に、専務は『どうして佐藤君が来ないんだ』と……」

「はあ⁉」

大地は思わず、不躾な声を上げた。だが、住田はちらっと大地を見ただけで、気にも留めない様子で佐藤に言う。

「今までは君たちはペアで回っていたそうじゃないか。それなのになんの挨拶もなく新人だけを寄越すなんて失礼だ、とでも思ったんじゃないか？」

そんなの知るか……と、大地は呆れそうになる。

会社において、取引先の担当が替わるのはよくあることだ。

それまでの担当を気に入っていればいるほど、後任への印象は悪くなる。特に、佐藤のように如才なく、実力もある人間から、入社半年にしかならない新人に交替したとなったら、自分の会社が軽んじられたように思っても無理はない。おそらく関根専務も、佐藤から大地に担当が替わったと信じ込んで怒っているのだろう。

だが、実際は今日大地が内藤商事を訪れたのは単なる『お遣い』で、担当が代わると決まったわけではない。内藤商事はずっと佐藤の担当だったし、そもそも、上司である住田に相談なしに、取引先の担当替えがおこなえるわけもなかった。

「関根専務がそのことで怒っていらっしゃるのなら心配はいりません。今日は佐藤さんが他に用事があって、たまたま手が空いていた俺がコッヘルを届けに行っただけ、ただのお遣いです。内藤商事はこれからも佐藤さんが担当されるはずです」

大地は、自分の失態が原因ではなさそうだとほっとしつつ、住田に言った。だが、佐藤はそれをあっさり否定した。

「俺は、内藤商事は勝山に引き継ぎたいと思っています。だからこそ、何度も同行させましたし、今回もひとりで行かせたんです」

「だが、あちらとしてはこれからも君に……」

「住田係長、端的に言ってそれは内政干渉というものです。うちが誰に担当させようが、内藤商事には口を挟む権利なんてありません。もしそれを許すとしたら、他社さんもああだこうだ言い始めて収拾がつかなくなりますよ。それでもいいんですか？」

「いや、でもそれでは売上が……」

「うちの窓口は関根係長です。彼女が不満に思ってるなら別ですが、関根係長自身は勝山に期待してくれているし、商品を見る目も確かです。担当が代わったところで売上が激減するとは思えません。もしも売上が落ちたとしたら、それは勝山のせいじゃなくて、うちの商品自体に魅力がないと考えたほうがいいです」

現に彼女はこれまでも何度か、商品を試したいからサンプルを届けてくれと頼んできた。自分が使ってみて、これならいけると確信を得ない限り、その商品を仕入れることはない。そんな人が、営業担当が代わったことを理由に、商品を見る目を歪ませるわけがない。大地ですらわかることが理解できないなんて、住田の上司としての質が知れるというものだった。

佐藤の住田を見る眼差しが、南極の空気並みに冷たくなる。けれど、当の本人はものともせずに言い放った。

「とにかく、内藤商事は今後も佐藤君が担当してくれ。勝山君には他のところを……」

「わかりました。では、勝山には『戸山』を担当してもらうことにします」

「ちょっと待て！」

瞬時に住田の表情が変わった。それもそのはず、『戸山』というのはやはり佐藤が担当している取引先であるが、社長が内藤商事の専務以上に佐藤を気に入っている。さらに悪いことに、こちらの担当者は関根係長とはまったく異なり、商品に対する興味も熱意もほとんどない。ただ社長のお気に入りだから注文するという姿勢なのだ。

もしも佐藤が担当から外れたとしたら、あの会社からの注文は半減、もしかしたら途絶えてしまうかもしれない。それがわかっていて『戸山』の名を出すあたり、佐藤も相当な強者(つわもの)である。

「佐藤君、さすがに『戸山』はまずい。他にどこか……」

「じゃあ、『釜井(かまい)』にしますか？　あそこなら、担当が代わったところで文句は出ないでしょう」

「だがあそこは社長が代替わりして、このところ君が一生懸命……」

「ええ。社長が代わって役員も一新、経営方針もかなり方向性が変わりつつあります。それに乗じてなんとか入り込もうと頑張ってはいますが、今まで大して注文をもらっていたわけでもないし、数字的にも影響は小さいはずです」

影響が小さいはずがない。なにせ佐藤は社長交代があってから、『釜井』への訪問頻度を倍増させたと聞いている。新しく着任した役員ひとりひとりに挨拶に回り、同業他社のどこよりも早く顔を売り込んだ。佐藤の人柄と真摯(しんし)な営業努力は『田沼スポーツ』の印象を百八十度変え、大口の注文をもらえる一歩手前まで来ているのだ。住田にしても、今期こそは『釜井』からの注文をもらえると胸算用していたに違いない。

万が一、ここで佐藤が退場するようなことがあれば、これまでの努力は水の泡。『釜井』の受注を見込んで立てた予算が未達成に終わることは明白だ。

そんなことは百も承知だろうに、佐藤は素知らぬ顔で言う。

「あっちの経営陣も新人、勝山も新人。もしかしたら俺よりも『釜井』と相性が良いかもしれません」

乞うご期待です、なんて嘯く佐藤に、住田はとうとう白旗を揚げた。

「わかったよ……。内藤商事は勝山君に担当してもらおう。ただし、早急にあちらに伺って関根専務には君から事情を説明しておいてくれ」

「もちろんです」

関根親子の両方にしっかり挨拶をした上で引き継ぐことを約束し、佐藤は大地を連れて意気揚々と小会議室から引き上げた。

「まったく、あのクソオヤジが！」

廊下に出るなり、佐藤が吐き捨てた。

「すみません。俺のせいで……」

「おまえのせいじゃないよ。あそこの専務は元から面倒くさい男だったし、うちの上の連中はハリウッドの赤絨毯にくるまって周りをきょろきょろ見てるような奴ばっかりだ」

「は？」

意味がわからなくてきょとんとしてしまった大地に、佐藤はにやりと笑って言った。

「長いものに巻かれっぱなしってことさ。そういうやり方でしか出世できないとしたら、先行きは不安だな」

「きょろきょろ見てるのが上司ばっかりっていうなら問題ですけど、商売をやってる以上ある程度の観察眼は必要なんじゃないですか？」

上だけを見ておべっかを使うのは見ていて不愉快でしかない。けれど、取引先の様子をしっかり見ていなければ商機を逸する。今回の住田の指摘も、それなりに意味のあることだったのかもしれない、と大地は思ったのだ。

考え考え自説を語る大地を、佐藤は感心したように見た。

「一理ある。とはいえ、結局係長は苦情をもらって慌てて対処したに過ぎないんだから、まったく評価できないけどな」

「ですよね。あくまでも一般論として、です。うちの社だってああいう人ばっかりじゃないと信じたい気持ちの表れとでも思ってください」

「了解。気持ちはものすごくよくわかるよ。それに、実際に評価に値する人物はいるよ。

あんなのばっかりってのは俺の言いすぎだった」

新入社員の夢も希望も打ち砕くようなことを言って悪かった、と佐藤は頭を下げる。だが、大地にしてみれば、そうやって後輩にすら素直に詫(わ)びられる佐藤の存在が、『あんなのばっかり』じゃないことの証明だった。

「ってことで、早速内藤商事に……ってもう今日は遅いか」

佐藤は腕時計に目をやって、担当変更の挨拶は来週以降にすることを決めた。

彼の手首に嵌(は)まっているのは、上品で使い勝手の良さそうな腕時計である。それはまず第一発目に、大地に佐藤を信頼に足る人物と評価させたものだった。

何の変哲もない黒の革ベルトにシルバーの文字盤の腕時計で、特に目を引くようなものではない。むしろ、佐藤のように若い男が嵌めるには地味すぎるのではないかと思うほどだ。文字盤のセンターにブランドのマークが入っているが、大地にはそれがどこのものかはわからなかった。だが、どうやらそれは相当値の張る時計らしい。なぜなら、取引先を回った際、名刺交換で佐藤の手首に目を留め、『おっ?』という顔をする相手がひとりふたりいたからだ。

しかも、そういう相手は決まって大地でも知っているようなブランド時計を嵌めていた。そんな相手が注目するような時計だから、きっと隠れた名品なのだろう。

実は気になって一度訊ねたことがある。だが、そのとき佐藤は父親から譲り受けたものだから詳細はわからない、と答えた。ただデザインが気に入っているから使っているだけだ、と……

そしてそのとき、佐藤はなにも嵌まっていない大地の手首を見て言ったのだ。

『勝山、時計ぐらい嵌めろ。時間管理は社会人としての第一歩だぞ』

時間ならスマホでわかる。わざわざ腕時計を買う必要なんてない、と思っていると、さらに説明が続いた。

『取引先と話してる最中にスマホを出して時間を確認するわけにはいかない。時間を確かめるなんて退屈の証、失礼すぎるって考える人もいる。手首に腕時計が嵌まっていれば、さりげなく見ることができる。それに、スーツに腕時計って、いかにもエリートビジネスマンって感じがしてかっこよくないか？　きっと女子にだってモテるに違いない！』

社会人としてのマナーを説いているかと思いきや、最後の最後でモテるか否か……。その時点で大地は、佐藤の人柄にすっかり惹きつけられてしまった。

真面目で努力家、それでいてちゃんとお茶目な面も持っている。そんな佐藤を教育係に持てた自分は大ラッキーだ。この人についていけば間違いない、ということで、大地は腕時計を使うことにした。

ところが、確かこのあたりにあったはず……と探してみたところ、唯一持っていた腕時計は動かなくなっていた。それもそのはず、その時計は陸上部時代に使っていたスポーツウォッチで、陸上部を退部したあとは、せいぜい休日にジョギングするときに嵌めるぐらいのものだった。大学に入ってからはアルバイトで忙しく、なおかつジョギングのタイム管理すらスマホのアプリを使うようになった。おかげでスポーツウォッチはすっかり忘れ去り、電池も切れたままという有様だった。探し出した時計はかなり古びていたし、そもそもスーツには全然似合わないデザインである。

この際、新しい時計を買うか、ということで大地は次の休日、時計屋に出かけた。かくして、今は大地の腕にもちゃんと時計が嵌まっているし、時計に関する知識を商談に生かすこともできるようになった。

時計、靴、ベルトといった小物をさりげなく褒めることは商談をスムーズに進める第一歩、それも佐藤から教えられたことだった。それだけでなく、彼はそういう目に付きにくい小物のこだわりのポイントまで伝授してくれた。おかげで、『通』と呼ばれる人しか買わないようなメーカー品を見分けられるようになり、こだわりが強く難しい相手の心証を良くすることに成功したのである。

——ほんと、この人はいろいろ知ってるよなあ……。なんか俺、昔からこういう『物知りさん』が身の回りにたくさんいて、すげえラッキー……

腕時計にまつわる回想に浸りつつ、大地は佐藤について部屋、つまり営業二課に戻った。部屋に入るなり、鈴山の声が飛んでくる。鈴山は大地より一年先輩で、営業事務を担当している女性だった。

「佐藤さん、さっき清村さんが探してましたよ」

「へえ……なにか急ぎの用事でもあったのかな？」

「急ぎかどうかはわかりませんけど、午後だけで三回いらっしゃいましたから、用事があることは確かですね」

「ふーん……」

普段ならＳＮＳで連絡してくるのに、直接やってくるなんて珍しい、と佐藤は首を傾げた。

清村と言えば商品開発部の課長、確か今はキャンプ用品に携わっているはずだが、仕事についての連絡なら電話かメールが主だろう。ＳＮＳでやりとりするなんて……、と大地は少し驚いてしまった。

怪訝そうにしている大地に気付いたのか、佐藤がふっと笑って説明してくれた。

「清村さんは俺の教育係だったんだ」

「え、あの人、前は営業部にいたんですか？」

「じゃなくて、俺の最初の配属が商品開発部。俺、学生時代は理系だったからね。でも、どうにも使いものにならなくて営業に異動になった」

佐藤の異動を進言したのが清村で、当時はちょっと恨めしく思ったけれど、実際に異動してみて自分にはこっちのほうが向いているとわかった。今では感謝している、と佐藤は笑った。

「そのときにすったもんだあって、散々相談にも乗ってもらったよ。今も時々呑みに行ったりしてる。多少……いや、かなり癖はあるけど悪い人じゃないんだ。ＳＮＳとかはその名残」

「そうだったんですか……」

順風満帆に見える佐藤でも、過去にはいろいろあったのだな……と思っていると、ドアが開き、噂の主が顔を出した。

「お、いたいた！」

「さっきも覗いてくださったそうですね。申し訳ありませんでした。ちょっと係長に呼ばれて……」

「係長っていうと住田か？　ってことは、怒られてたんだな」

「怒られたって……せめて叱られたとか。それに、実際はちょっと注意を受けただけです。あと、状況確認」

「庇わなくてもいい。あいつに叱るなんて上等なことができるわけがない。せいぜい感情まかせに怒るのが関の山だ。しかも、根本にあるのは……」

「だからー！　ここには住田さんの部下だっているんですよ！」

佐藤は内心ではきっと、清村に賛成しているに決まっている。それでも、清村を止めようとするあたり、さすがだった。清村も同じことを思ったのか、苦笑いで言う。

「世渡り上手の罰当たりってのは、おまえのことを言うんだ」

「すみませんねえ。もしかしたら最初の仕込みが悪かったのかも」

「なんだそりゃ！　俺が悪いって言いたいのか？」

「そう聞こえました？」

「そうとしか聞こえねえよ！　まあいい。おまえ、このあと暇だろ？」

「断定ですか……」

佐藤が机に突っ伏した。

佐藤は若手きっての有能営業マンだ。日中は外回りで忙しいし、帰社後もあれこれこなさなければならない事務仕事がある。特に今日は金曜日、来週の商談に備えて見積書を作ったり、週報を書いたりせねばならない。帰社するなり係長に呼び出されたのだから、事務仕事には手つかずなことぐらい、清村にだって想像はつくはずだ。暇だと断定して連れ出そうとするなんて言語道断だった。

ところが、啞然とする大地に目もくれず、清村は佐藤ににじり寄る。

「な、暇だろ？　暇だよな？　おまえに限って事務仕事をため込むなんてことはないはずだ。ちょっと付き合えよ」

「いやですよ。清村さんの『ちょっと』が『ちょっと』で済んだためしがない」

「なんて憎たらしいことを言うんだ！　じゃあいい……」

「え、いいんですか？」

「ちょっとじゃなくて、大いに、本格的に、とことん付き合え！」

「うわあ、そう来たか――」

佐藤は突っ伏したまま唸っている。かと思うと、数秒後、盛大に笑い出した。

「まったくもう……今度は何があったんですか？　また上とバトルしたんですか？」

「またと言うな！」

「またじゃなければなんですか。先月も乱闘だったじゃないですか」

「人聞きの悪い。乱闘にはなってない。なんとか乱闘寸前に収めた。ま、あっちが逃げ出したんだけどな」

「大して変わりませんよ」

清村課長ってこういう人だったんだ……

大地はますます啞然としながら、ふたりのやりとりを見ていた。

どうやら佐藤はこのあと清村と吞みに行くらしい。明確に酒とは言っていないが、大人が言う『付き合え』に酒が入る確率は八十パーセント以上だと大地は体得している。

内藤商事の引き継ぎを含めて、相談したいことはいろいろあったが、この状況では無理だろう。

大地は、相談は来週以降だな、とあきらめて自分の席に戻ろうとした。ところが軽く一礼して歩きかけた大地の腕を、佐藤がぐいっと摑んだ。

「清村さん、こいつも連れてっていいですか？」

「はあ？」

ちょっと待て、俺を巻き込まないでください！　と返す暇もなく、清村はつかつか歩み寄ってきて大地の顔を覗き込んだ。ついでに首にぶら下がっているＩＤカードを確認する。

「勝山大地。なるほど、こいつが今年の佐藤のノルマか」

「ノルマはないでしょう」

「新入りをあーだこーだしてなんとか使えるようにする。それがノルマ以外のなんなんだ。まあいい。で、おまえは何でこいつを連れて行きたいんだ？」

「上司に説教くらってへこんでる後輩のケアに決まってるじゃないですか」

いや、俺は別にへこんだりしてませんから！　ただ単に、内藤商事の引き継ぎの件を相談したいだけですし、それだって今すぐじゃなくても！――なんて言えるはずがない。佐藤の狙いが一蓮托生、清村の相手をひとりでしたくないだけだとわかっていても、である。

望みの綱は、こんな奴いらん、と清村が切り捨ててくれることだけだったが、あいにく彼は大地という人間に興味を覚えてしまったらしい。しばらく、大地の様子を観察していたかと思ったら、がはは、と笑い出した。

「大してへこんでるようにも見えんな。昔、俺にキレられたときのおまえと大差ない」

「じゃあ、大へこみじゃないですか。やっぱり俺が慰めないと！」

「おまえにそんな芸当ができるのか？　まあいい。勝山、一緒に来ていいぞ。佐藤の後輩ケアをとくと拝見しよう。ま、佐藤にケアなんてされなくても、若いうちはたらふく食って呑めば、たいていのことは忘れちまうけどな」

「いや、俺は……」

「清村さん、最初に言っておきますが、こいつ下戸ですからね」

「下戸⁉」

宇宙人でも見るような目を向けられ、大地はちょっと憤慨した。

営業職で下戸なんてことが許されるのか、と清村は佐藤に詰め寄っているが、時代は大地の味方だ。なんせ接待酒という言葉は死滅寸前、かわりにアルコールハラスメント、略して『アルハラ』という概念が広がりつつあるぐらいなのだ。

物を売るために会社の外で飲み食いさせねばならない時代は終わった、と大地は考えている。さもなければ、入社に当たって堂々と『下戸』を宣言した大地が、営業部に配属されるわけがなかった。

「すみません、下戸で。でも俺は、うちの製品はどれもピンで戦える品質を持ってると信じてます。だから、接待酒なんて必要ありませんし、吞めなくても支障ありません」

大地は、やけくそのような台詞を口にした。

もしかしたら怒らせるかもしれないとは思ったが、自社製品に誇りを持つのは悪いことではないし、なにより無理やり連れて行かれて吞めない酒を強要されるよりはずっといい、と開き直ったのである。

ところが、清村は大地の発言に大喜びだった。

「よく言った！　おまえ、なかなか骨があるな」

「ありがとうございます」

反射的に頭を下げた大地に、清村はまたしても呵々大笑だった。

「声が通るし、背筋が伸びた良いお辞儀だ。学生時代は応援団にでもいたのか？」

「いえ……陸上で長距離をやってました。途中でやめましたけど」

「理由は？　人間関係とか？」

「違います。膝を壊して続けられなくなったんです」

「膝が壊れた、じゃなくて膝を壊した、なのか」

「ええ。高校のとき、先輩に言われました。壊れるまで無理して使ったのなら、『壊れた』じゃなくて『壊した』だって……」

陸上が続けられなくなってやさぐれていた大地は、その先輩の言葉で考え方を変えた。すべては自分の責任だったと気付いたことで、前向きになれた。そして、それ以後、どんな不本意な目に遭ってもそれは自分の選択の結果、責任を人に押しつけることだけはすまい、と自分に言い聞かせたのである。

清村は大地のエピソードを黙って聞いたあと、大きく頷いて言った。

「おまえはいい先輩を持ったな。よし、事情はわかった」

「ということで、俺はこれで……」

ところが、そう言って再び自分の机に戻ろうとした大地の襟首を、清村はむんずと摑んだ。腕を摑まれたり、襟首を摑まれたり、本日の大地はまるっきりそこらのやんちゃ坊主扱いである。

「まあそう言うな。おまえ、面白いからもうちょっと話を聞かせろ」

「ですからー！」

下戸だって言ってるでしょ、と言う前に清村の次の台詞が降ってきた。

「おまえは吞まなくていい。その分、佐藤が吞め」

「なんでそうなるんですか！」

佐藤が悲鳴に近い声を上げた。当たり前だ。ただでさえ、付き合いかねているだろうに、ふたり分吞めなんて無理な注文すぎる。ところがほっとしたことに、それはただの冗談だったらしく、清村はあっさり前言を撤回した。

「というのは冗談だ。佐藤だって大して吞めやしないんだ。それならいっそ、焼き肉でも行こう」

「焼き肉ですか⁉」

大地は思わず歓声を上げてしまった。

血気盛んな若者には、定期的な肉の補給が必要だ。だが、大地は就職を機に実家を出てひとり暮らしを始めた。社会人になったのだから自立せねばという気持ちからだったが、いざ暮らし始めてみると思ったよりもお金がかかる。学生時代にアルバイトで貯めたお金があったからよかったようなものの、そうでなければとっくに実家に逃げ帰っていただろう。

そんなこんなで『定期的な肉の補給』は鶏の唐揚げ、あるいはトンカツがせいぜいで、焼き肉にお目にかかる機会など滅多にない。

鶏の唐揚げやトンカツも大好物だが、焼き肉は別格。ただ焼いてタレをつけただけの肉がどうしてこれほど旨いのか、と神に感謝を捧げたくなる。だが、新入社員の給料ではそう頻繁に焼き肉を食べに行くことなどできない。就職してから焼き肉を食べたのはたった一度、夏のボーナスをもらったときに同期で行った食べ放題が最後である。

年上の人間、しかも佐藤の元上司となれば全額奢りは期待できないにしても、いくらかは多めに払ってくれるだろう。千載一遇のチャンスだった。

ところが佐藤はあまり嬉しそうにしていない。この人もひとり暮らしのはずなのに……と思っていると、彼はスマホを取り出し、検索を始めた。

「この時間、焼き肉屋ってけっこう混んでますよ。清村さん、待ち時間が長いと暴れ出すじゃないですか」

「暴れたりしない！」

「訂正します。暴言を吐く、でした」

「おまえなあ……」

すっかり脱力してしまった清村を尻目に、佐藤はなおも検索を続ける。数分後、ようやく顔を上げて清村に確認した。

「『焼き肉ＪＵＪＵ』か『美山』ならすぐに入れます。どうします？」

「その二択か……ううう……」

佐藤は、唸り始めた清村を面白そうに見ている。

こうなるとさすがに大地ですら気の毒になってくる。なぜならこの二店は目指す方向が正反対なのだ。『焼き肉ＪＵＪＵ』は若者向けで飲み放題や食べ放題の設定がある。大地が仲間たちと行ったのもこの店だ。ただし、価格が安いだけあって品質もそれなり、質より量の典型だった。

対して『美山』は大人向け、蕩けるような霜降り肉や一頭からわずかしか取れない貴重部位、飲み物だってプレミアムビール、ワイン、純米大吟醸の日本酒まで置いている。もちろん、これらはすべてインターネットの口コミ情報で、大地が経験したことではない。

三人で飲み食いすれば諭吉が片手、いやもしかしたら両手でも足りないほど飛んでいく、大地には無縁の店なのだ。

「『美山』に空席があるなんて珍しいですよ」

佐藤が煽（あお）るように言う。この人はこんなに意地悪な性格だっただろうか、と半分呆れながらも、大地はおずおずと口を開いた。さすがに清村が気の毒すぎた。

「『焼き肉JUJU』にしませんか？　あそこなら食べ放題ですから、気兼ねなく腹一杯食えますし」

「いや……だが……」

部下にしみったれた上司だと思われたくないのか、はたまた本人が肉の質にこだわるタイプなのか、清村は答えを出せずにいる。値段が天と地ほど違うのに、迷う余地があるだけすごいと思ってしまうほどだった。

いずれにしても『美山』は無理だ。自分で払うのはもちろん、万が一奢りだったとしても、申し訳なさすぎて味がわからなくなってしまう。ここは是が非でも食べ放題コースに……と思っていると、佐藤がスマホの画面を見ながら言った。

「清村さん、『焼き肉JUJU』に新しいコースができたみたいですよ。特選和牛食べ放題四千五百円、しかも税込み。あそこは個室もあるし、けっこういいかも……」

「それだ！」

了解、と答えるなり、佐藤はスマホで予約を入れた。さらに、にやりと笑って、大地に親指を立てる。

あ、そういうことか……

大地はすっかり感心してしまった。

佐藤はもとから『美山』に連れて行ってもらおうなんて思っていなかった。ただ『焼き肉ＪＵＪＵ』の普通の食べ放題はいささか寂しい。どうせならもうちょっと良い肉を、と考えて、あえて高い『美山』を持ち出した。諭吉に団体で家出されることに比べれば、特選和牛コースはずいぶんお値打ちに思えるはずだし、自分たちもいくらか払うつもりだろう。

最初に高い価格を提示して、次に少し値引きしてみせる。客は得した気分になるし、こちらは本当に売りたい価格で売れる。営業としての基本的な作戦を上司相手に展開するなんて、佐藤は相当の強者だった。

「ということで、清村さん、行きましょう。愚痴でもなんでもたっぷり伺いますよ」

佐藤はそう言いつつ、清村を追い立てる。清村が深いため息をついた。

「まったく、おまえは昔から全然変わらないな。なんでこんな奴を開発に寄越したんだ！

責任者出てこい！」

「俺を引っ張ったのは清村さんだったって聞きましたけど？」

「知ってたか……。適性を無視して人格だけ見た俺の失策だ。こいつと仕事をしたら面白そうだってだけで引っ張っちまった。まさかここまで研究職に向かないとは思わなかった」

「清村課長、それって……？」

「勝山は、そんな話は知らなくていい」

どんなエピソードが、と興味津々の大地を追い立て、佐藤は自分の鞄をひっつかむと、意気揚々と営業部をあとにした。

「とりあえずビールだな」

焼き肉にはビール以外の選択肢はない！　と清村は断言する。それでいて、メニューの後ろのほうにあったソフトドリンクの欄を探し出し、大地に指し示す。

「下戸はこっち。コーラでもサイダーでも好きなのを頼め。あ、炭酸は腹に溜まるからウーロン茶かジュースにしとくか？」

聞いたとたん、佐藤が噴き出した。

「清村さん、ビールだって炭酸じゃないですか」

「アルコールが入ったら炭酸は緩和される」

「そんな話、聞いたことありません。科学的にもおかしいです」

「黙れエセ理系。いいから乾杯だ！」

清村は見たところ四十代後半、もしかしたら五十代かもしれない。佐藤とは親子と言ってもいいほどの年齢差だ。しかも今は部署が違うとはいえ、かつては上司と部下だった。それなのに、まるで対等、漫才コンビのように遠慮会釈のない会話を繰り広げるふたりに、大地は戸惑いっぱなしだった。

会話の交わし方だけでも面食らっているのに、さらに佐藤は驚きの発言をする。

「それで、部長は今度はどんな無理難題を？」

うわあ……この人、自ら地雷を踏みにいくタイプだよ……

大地を連れ出すことで、清村の『憂さ晴らし』という目的をうやむやにしたかったのではなかったのか。せっかく清村自身も『佐藤の後輩ケアをとくと拝見』と言っていたのだから、あえて彼自身の不満を思い出させる必要などないではないか。

だが、わずかに不満そうになった大地に気付いたのか、佐藤はケラケラと笑った。

「ごめんな、勝山。おまえの件はちょっとあとで。とりあえずこの人のほうを片付けないと、途中で大爆発されたら大変だ」

「佐藤！　おまえは言うに事欠いて！」

「だってそうでしょ？　我慢しきれなかったから……っていうより、爆発寸前だったからこそ、何度も俺を探しに来たんじゃないですか？」

商品開発部と営業部はかなり離れている。なんせ、建物自体が別棟なのだ。『田沼スポーツ』は東京郊外にある会社で、かなり広い敷地を持っている。扱っている商品の性格上、グラウンドを含めた数種類の実験場が必要だからだ。商品開発部は敷地の一番奥の実験場のすぐそばにあり、正門を入ってすぐの営業部に来るためには五、六分歩く必要がある。

総務も経理も営業部と同じ棟にあるから、一度ぐらいならなにかのついでということも考えられるが、午後だけで三度も現れたとなると、わざわざそのためにやってきたとしか思えない。おそらく清村の導火線は爆薬ぎりぎりのところまで来ているに違いない、と佐藤は言うのだ。

「まったくおまえは本当に、つくづく、端から端までかわいくない！　なんでこいつをよそにやっちまったかな。いっそ手元に置いて万年平でいびり倒せばよかった！」

清村は盛大に愚痴を言っている。けれど大地には、彼が本心からそう言っているとは思えなかった。むしろ佐藤の洞察力を褒め、身近からいなくなったことを惜しんでいるようにしか見えない。

もちろん、佐藤もそれはわかっているのだろう。平然とジョッキのビールを二口、三口呑み、改めて訊ね直した。

「それで、いったいどうしたんですか？　今度は！」

「だから、今度はとか言うな。むしろ毎度と言ってくれ」

具体的内容まではわからないが、このふたりが部長というならばそれはアウトドア関連グループ商品開発部の渋谷部長だろう。かなり優秀な人ではあるが、いかんせん気が短い。自分の能力を基準に部下たちに無理な要求を突きつけては、進捗状況に癇癪を起こす。陰では、渋谷部長は切れ者だがキレやすい、などと囁かれるのが常だった。

渋谷は短気の代名詞のような男で、清村も導火線の短さは折り紙付きだ。そのふたりが同じ部、しかも直属の上司と部下をやっているのだから、商品開発部はまるで戦時下にあるようなものだ。せめてもの救いは、渋谷と清村が別棟で仕事をしていて、連絡はおおむね電話でとられていることだ。もしも頻繁に顔を合わせていたら、あっという間に摑み合いの喧嘩が始まっている。ただでさえ忙しいのに、上司の喧嘩まで止めなきゃならないなんてやってられない、というのが商品開発部員たちの正直な気持ちだろう。

「あのクレージー野郎、珍しくうちの部屋まで来たかと思ったらなにを言ったと思う？」

「どうせ、売上が今イチだから、もっと爆発的に売れそうな商品を作れ、でしょ？」

「もちろん前提はそれだ。だが、悪いことに具体策を出してきやがった」

「具体策のどこが悪いんですか？　むしろありがたいじゃないですか」

曖昧な指示しかしなかった挙げ句、そうじゃない、と怒り出す上司はたくさんいる。それに比べれば、ちゃんとやり方を示してくれるほうがずっといい。それは、社会人になって半年足らずの大地ですら思うことだった。

ところが清村は、普通はそうなんだが……と前置きしたあと、不満そのものの顔で言った。

「悪手でしかない具体策を示されても、逃げようがないじゃないか」

「悪手って？」

「開発部メンバーで今の『田沼スポーツ』に足りないものを探せ、だとさ」

「足りないもの⁉」

「アウトドア関連グループの売上低下が著しい。ここはひとつ、起死回生の新製品を作るために、性別や年齢を超えたメンバーでチームを立ち上げ『田沼スポーツ』がまだ扱ってなくて売れそうなもの、要するに足りないものを探せ。開発部なら、それが作れるかどうかがすぐわかって手っ取り早いだろう、とか、ほざきやがった！」

「最悪！」

そう叫んだあと、佐藤は絶句した。もちろん大地も仰天だ。

『田沼スポーツ』は歴史の浅い会社ではない。規模だってそれなりに大きいし、扱う商品は多岐にわたる。スポーツ用品は言うに及ばず、アウトドア関連用品もほとんど網羅している。

アウトドア活動をするのに、『田沼スポーツ』以外で買い物をする必要があるとしたら、せいぜい食料品ぐらいのものだろう。足りない、しかも売れそうなものを探すなんて、至難の業としか言いようがなかった。

「渋谷部長は、なんで急にそんなことを言い出したんですか？」

呆れまくった佐藤の質問に、清村は苦虫を一ダースほど嚙みつぶしたような顔で答える。

「もちろん、売上拡大だ。このところアウトドア用品、特に登山やキャンプ関連の売上がかなり落ちてるから、なんとかして挽回したいって腹だ」

そうは言っても、昔からやってる連中はともかく、今時の若い連中で、わざわざ重い荷物しょってひいはあ言いながら山に登ろうなんて奴は減る一方に決まっている。キャンプは登山よりはずっと手軽だが、それでも年に何度も出かけていくような人は一握り、大半は、子どもの経験値を上げたいと考える家庭で、継続的なユーザーではない。

『足りないもの探し』なんてくだらないことを言い出す前に、とにかくアウトドア活動をする人口自体を増やす努力が必要ではないか、と清村は主張するし、大地もおおむね賛成だ。だが、佐藤の意見はちょっと違った。

「登山はけっこうイケてるように思いますけどね。テレビバラエティーとかでも登山に挑戦するコーナーもあるし、日帰りで行けるところならノリでやってみる若者もいるんじゃないですか？　なにせ人間って、無駄に高いところに登りたがるものですから」

「それで飯を食ってる奴が無駄にって言うな！　でもまあ、言いたいことはわからないでもない。統計を見ても本格的な登山に挑戦する人間は減少傾向だが、登山部に所属する学生は増えてる。とはいっても、他のスポーツと比べたら断然少ないけどな。たぶん、登山なんて重労働は、人がやってるのを見て楽しむに限るってことなんじゃねえのかな」

「そんなのつまんないじゃないっすか……」

佐藤が、呆れと嘆きをごちゃ混ぜにした表情になった。大地も同じような顔をしているだろう。

ふたりとも、とにかく自分でやってみる、話はそれからだ、を地で行くタイプだ。だからこそ、学生時代に『冒険部』に入ったり、社会人になってからも雨の川原にコッヘルを持ち出し、煮炊きしてみたりするのだ。

他人の経験を何百回映像で見たところで、自分のものにできるとは思えない。もっといえば、チームを立ち上げて『足りないもの』を見つけたところで、売上になんて繋がりっこない。これまでの長い社歴の中で取扱品目に挙がらなかったのだから、必要性なんて低いに決まっている。なくてもいいようなものを無理やり作っても売れるはずがない。さては渋谷部長、切れっぱなしで本格的に断線してしまったのではないか、と疑うレベルだった。

「そもそも、足りないものを付け加えるって発想がおかしいんじゃないですか？」

キャンプを始めとしたアウトドア活動というのは、少ない装備でいかに楽しむかが醍醐味ではないのか。むしろ目指すべきは『いらないもの探し』で、売れていない商品は不要とみなして片っ端から廃番にするぐらいの気概が必要ではないのか。

躊躇いがちに大地が口にした意見に、清村は膝を打った。

「まったくだ！　自然回帰、不便を楽しむアウトドアでそんなに快適を追求してどうする！」

佐藤が首を左右に振りながら呟く。

「渋谷部長、とうとうぶっ壊れたのかな……。いくら有能な人でもあんな勢いで走り続けたら耐用年数が短くなるのは当然かもしれない。しかも、自分の思うとおりの速さで走ってこない部下をザイルで引っ張って爆走ですからねえ……」

「耐用年数……ザイルで引っ張って……」

さっき大地の意見を聞いて頰を緩めていた清村は、佐藤の言葉にとうとう笑い出してしまった。

いかにもアウトドア用品屋らしい表現にしきりに頷きつつも、清村はまた説明を始めた。

「耐用年数云々ってのは近い将来本当になりそうではあるが、今のところは大丈夫だろう。俺が思うに、渋谷部長は登山やキャンプのことなんてわかっちゃいない。なんせ、入社以来ずっと陸上やら球技やらのスポーツ畑だったんだからな。でもって、あまりにも売れないから教科書どおり『徹底して使うほうの立場に立て』って言い出したんだろう」

そうだよな、そうに決まってる、と清村はしきりに自分に言い聞かせる。腹立ち紛れに営業部に突撃してきたものの、さすがに大人げない態度だったと気付いたのかもしれない。そしてそれは大地にとっても、『渋谷部長ご乱心』よりもはるかに納得のいく説明だった。

商品開発も営業も、とにかく売りたい一心で使う者の気持ちを忘れてしまうことがある。使い勝手よりも開発にかかる手間や経費、利益を考えがちになってしまう。売る側と買う側の利益が完全に一致することはないにしても、ある程度のウィンウィンが保たれないと、売れる商品は作れない。

渋谷はその点をもう一度考え直せと言いたかったのだろう。けれど、佐藤は、やっぱり首を傾げている。

「なんかすっきりしないんですよね……。そもそも、渋谷部長がそんなことを言い出すこと自体が変じゃないですか」

「どういう意味だ？」

清村に正面から問われ、佐藤は考え考え答える。

「万が一『足りないもの探し』が必要だったとしても、それって清村さんの仕事ですか？」

「俺が言われたんだから、俺の仕事だろう」

「開発部がどうして商品自体を提案しなきゃならないんですか？　そんなの企画部の仕事でしょう？　無理難題を押しつけて困らせたいとしか思えません」

「それはあれだ、部署の壁を超えて、全社挙げての共闘ってやつで……」

「だとしても、先陣を切るのに相応しい部署なんて他にいくらでもあるじゃないですか。こう言っちゃあなんですが、開発なんて研究一筋で他セクションを巻き込んでどうこうなんて一番苦手ですよね」

「正面切って言われると、へこむな……」

「事実は事実、素直に認めてください。どっちにしても、俺には、無理難題を押しつけて、失敗するのを待ってるようにしか思えません。清村さん、最近、誰かと揉めませんでしたか？」

「誰かって？」

「部長クラスの偉いさんとか……」

そう言うと、佐藤は清村をじっと見た。

ふたりの間で交わされた視線を見て、大地は佐藤の推測は間違っていないことを悟った。明らかに清村は動揺していたし、おそらくそれは彼が社内の誰かと拙い関係に陥っていることの表れなのだろう。

「やっぱり……相手は誰ですか？」

「……田沼常務」

「最悪……。喧嘩を売る相手は選べとあれほど……」

佐藤ががっくりと頭を垂れた。大地も目の前が真っ暗とまでは言わないにしても、日の光が少し陰ったような気がする。おそらく清村は、田沼常務に嵌められつつあるのだろう。

田沼常務というのは、その名前から容易に察せられるように『田沼スポーツ』の経営者一族である。いや、経営者一族という言い方には多少語弊がある。

『田沼スポーツ』は創業当時こそ同族会社で、家族経営的な側面を持っていたが、創業五十年を超えた現在、創業者の親族で会社に名を残しているのはふたりしかいない。ひとりは会長の田沼伊知郎、そしてもうひとりは今清村が口にした常務である田沼史郎である。

長年社長を務めたあと会長に就任した田沼伊知郎は好人物だ。見るからに人格者の風貌をしているし、実際に社員たちの待遇改善にも努力してくれた。さらにただのいい人ではなく、就任期間中、バリバリと業務を拡大し、『田沼スポーツ』を上場させるという輝かしい業績を残した。

本来は社長職を譲ったあと引退するつもりだった彼が会長として籍を残したのも、後継者である現社長と社員たちからの熱い要望に応えてのことだった。

何もしなくてもいい。何かあったときに相談できると思えるだけで安心なのだから、とにかく名前だけでも残してほしい。社員たちにそう言わしめるほど、彼は優れた人物なのだ。

問題は『田沼常務』である。

彼は、本当にあの田沼伊知郎と血が繋がっているのか、と首を傾げるほど俗悪な人物だ。

出入り業者との癒着、自分の好みのみによる人事などなど私利私欲で会社を引っかき回したことは数知れず、その度に周囲は翻弄された。おまけに短気、短慮のそろい踏みで救いようのない性格をしている。

なぜそんな人物が『田沼スポーツ』にいるのかといえば、それはもう創業者縁の者だったからとしか言いようがない。田沼史郎も最初は別の会社に就職していた。だが、どこに行っても使いものにならず、上司や同僚ともめ事を起こしては退社ということを繰り返していた。

結局、見るに見かねた祖父、田沼伊知郎が史郎を会社に入れた。言葉は悪いが、なんとか孫を飼い殺し状態にできないかと考えたのだろう。自分の監督下に置けば、周囲への被害を最小に留めることができるのではないか、と……

現に、伊知郎が社長職にあったときはその企みはなんとかうまくいっていた。だが、会長に就任し、直接会社業務と関わらなくなったあと、史郎は糸の切れた凧、しかも暴れ凧状態になってしまった。

唯一の救いは、田沼史郎は目下、指揮系統図において離れ島のような状態にあることだ。いかに彼が使えない俗物であっても、会社業務に支障が出ることはない。

それは社長引退にあたって孫の処遇に悩んだ田沼伊知郎が、それまでふたりだった常務を三人に増やしてまで打ち出した苦肉の策だった。

それでも彼は時折、発作的に業務に口を出し周りを混乱させる。名ばかりとはいえ、『常務の命令が聞けないのか』みたいなことを言われれば、完全に無視とはいかないところが会社という組織の辛（つら）いところだろう。

そして今回、何を思ったのか田沼史郎は開発部にちょっかいを出した。しかも一番親玉である部長ではなく、課長である清村への直接攻撃だった。

清村はあからさまな実力本位主義、しかも導火線の短さでは社内の一、二を争う男である。名ばかりの常務の言うことなど聞くわけがない。端（はな）から相手にしなかったのか、はたまた真正面から言い返したのかは定かではないが、とにかく田沼史郎の逆鱗（げきりん）に触れてしまった。性格が悪い上に執念深い田沼史郎は、清村に煮え湯を飲ませるべく画策した。その結果、『足りないもの探し』を思い付き、アウトドア関連グループに持ち込んだ――

おそらくこれが、裏に隠された今回の経緯ではないか、と佐藤は語った。

聞けば聞くほど、佐藤の話は推測に留まらないような気がする。それなのに、当の清村はきょとんとしたまま……佐藤がもどかしそうに訊ねた。

「足りないもの探しなんかに時間を取られてたら、業務に支障が出るとは思いませんか？」

もともと週末でも開発室に出かけるような男である。商品開発の仕事自体が暇になっているわけでもないのに、管轄外の仕事までとなったら本業に障りが出るに決まっている。部下を巻き込めば彼らの研究だって遅れてしまう。そしてそれらはすべて、課長である清村の責任にされてしまうだろう。

佐藤はもどかしそうに詰め寄る。

「どうして、うちの仕事じゃないって突っぱねなかったんですか？　どうしても『足りないもの探し』をさせたいなら、他にも人がいるでしょう？　それこそ、普段から休みになるたびにキャンプに行ってる人とか……」

そこで佐藤は、二、三人の名前を挙げた。いずれも商品企画部のメンバーで、暇さえあればキャンプに登山、トレッキングとアウトドア三昧、『田沼スポーツ』に入社したのも、社員価格でアウトドアグッズが買えるため、という強者だった。

「彼らなら、趣味と実益を兼ねて大喜びで引き受けたと思います」

「そうかもしれない。でも、渋谷部長が俺を名指ししたんだから仕方ないじゃないか」

「名指し！　それもう、鉄板じゃないですか！」

思わず大きな声が出た。だが、清村はあくまでも、無関係を主張した。

「そうは言っても、渋谷部長がそんなに簡単にあの名ばかり常務の言うことを聞くとは思えない」

日頃が日頃である。社内の人間は田沼史郎の言うことなど、ろくに相手にしない。それを押し返すには、綿密な計画案が必要だろう。

渋谷とは衝突ばかりしているが、それも彼が『ぶつかり稽古』に相応しい相手だからだ。彼は、『足りないもの探し』などという曖昧なアイデアだけで動かされるような人ではない、それ以前にその状態では企画会議すら通らない、と清村は言うのだ。

「たぶん、ちゃんとした企画はあったんだと思う。それを渋谷部長がばっさりショートカットして俺に伝えたんじゃないかと……」

「そんなわけありません。清村さんって、本当にお人好しですね……」

「どういう意味だ？」

「あいつ、性格は悪いけど口はすごく上手いじゃないですか。だからこそ、常務にまでなったんです。あの口の上手さがなければ、おそらく平のまま飼い殺しの運命だった。企画会議で形のないものをあるように見せることぐらい朝飯前。ああいう会議のメンバーって、開発チームが実際どこまでやってるかなんて把握してないし、企画からやったほうが力が入る、とかなんとか言いくるめたんじゃないですか？　渋谷部長はまんまとそれに乗せられた。中身がすかすかの企画なのに、これならいけるって信じ込まされちゃったんですよ」

「ひどいことを言うなよ……それじゃあうちの企画会議が間抜けだって言ってるようなものじゃないか」

清村は、まるで意気消沈を絵に描いたような有様だった。

「ひどくても何でも、たぶんそれが事実です。このままだと清村さんは失敗すべくして失敗させられます。でもって、下手すると開発チームそのものから外されかねない。田沼常務はしてやったりでしょうね。清村さんから大好きな開発の仕事を奪えて」

「勘弁してくれ……」

開発以外、俺に何ができるっていうんだ、という呟きが、あまりにも胸に痛い。正直、清村のこんな姿は見たくない。大地をここに連れてきたときのような傍若無人さを全開にしてくれたほうが、まだマシだった。

——元気すぎて迷惑なおっさんだと思ったけど、こんなにしおしおになられるとさすがになあ……

それでも、打開策はおろか、清村を元気づける言葉のひとつも思い浮かばない。きっと佐藤も同じなのだろう。ただ、黙ったままジョッキのビールを減らしていた。

気まずい沈黙が続く。どうにも耐え切れなくなった大地は、いったん清村を放置し、佐藤との会話を試みる。なにか適当な話題はないか、と探しまくった挙げ句、思い付いたのは発売が迫った新製品の試用についてだった。

「話は変わりますが、そろそろ例のやつ、試してみようと思ってるんですよ」

「おっ！　例のやつっていうと、新しいバーベキューコンロだな？」

佐藤が飛びつくように反応した。きっと彼も重い沈黙を持て余していたのだろう。

「ええ。新しいカタログにもでっかく紹介されるみたいですし、性能とか使い心地とかちゃんと把握しておかないとと思って」

「そうかー。頑張るなあ、勝山。いつやるんだ？」

実施予定日を訊かれ、大地は深く考えもせずに答えた。予定は未定、変更されることなんていくらでもある。

「この週末にでも。幸いこれといった予定も入ってないし」

「幸い？　おまえ、予定が入ってることのほうが珍しいんじゃないのか？」

「あ、ひどい……。俺だってたまには予定があることもあるんですよ」

「たまには、の頻度が普通よりかなり低そうだけど？」

佐藤が無理やり突っ込んでくる。普段ならやらないような突っ込みをするのは、苦笑でもいいから清村に笑い声を上げさせたい一心だろう。涙ぐましい努力に、大地も精一杯協力する。

「ええ、ええ、どうせ俺は非リア充代表ですよ！　性能抜群のコンロがあっても、ひとり寂しくバーベキューです。ほっといてください」

「かわいそうだなあ、勝山。あ、そうだ、なんなら俺が誰か紹介しようか？」

「けっこうです！　佐藤さんと比べられて撃沈するなんてまっぴらです。俺は肉やら野菜やらがっつり買い込んで、ひとりでわしわし食います」

それまで黙々とビールを呑んでいた清村が、そこで初めて口を開いた。

「わしわし食うのか……いいなあ……。炭火焼きだから、さぞや旨いだろうなあ……」

「……えーっと……もしよかったら、課長も……」

佐藤がぎょっとしたように目を見開いた。大地自身、自分の発言が信じられないほどだった。

普段ならよく知りもしない相手を誘ったりしない。ましてや相手は違う部署とはいえ、同じ会社の課長なのだ。魔が差したとしか思えなかった。あるいは、清村の意気消沈している姿に同情するあまり、見当違いの侠気を発揮してしまったのかもしれない。

十中八九断られる、というか、頼むから断ってくれと祈りつつ、清村の様子を窺う。清村は、珍しく反応を探るような目で大地を見ていた。

「バーベキューなんて暫くやってない。行きたいのは山々だが……迷惑だろう？」

ここであっさり前言を撤回できるほど、大地の心臓に毛は生えていない。そもそもそんな『もふもふの心臓』を持っていたら、こんな話を持ち出していない。自業自得とあきらめ、大地はこの週末、清村とバーベキューをすることにした。

「ひとりよりもふたりのほうがずっといいです。少なくとも、不審者扱いはされません」

ひとり用バーナーやコッヘルならともかく、新製品のバーベキューコンロは家族向けである。そんなものを使ってひとりバーベキューをやっていたら、周囲から怪しまれかねない。今までのひとり用グッズの試用ですら、なにか訳ありなのではないか、という訝しげな視線を向けられてきたのである。

そこでようやく清村がにやりと笑った。

「ひとりで煮炊きも怪しいかもしれないが、おっさんふたりが差し向かいで肉をがっついてるのも相当変だ」

「……そうかな……そうかも……」

「そうに決まってる」

今度こそ清村は豪快に笑った。いかにも、彼らしく……

「ま、俺は不審者扱いされるプロだ。任せとけ」

「どんなプロですか！」

大地が、そんなプロは嫌だ、と騒ぎ立てていると、佐藤がなにか言いたそうにこちらを見ている。

もしや……と思って訊いてみると、自分も行ってもいいか、と言う。

「え……佐藤さんも来てくれるんですか？」

地獄に仏としか言いようがない。清村と差し向かいよりも、佐藤を交えて三人のほうがずっといい。不審者扱いされる危険性もぐっと下がるというものだ。

佐藤は目の前の焼き肉コンロを眺めつつ言う。

「いやあ……この肉もけっこう旨いんだけど、やっぱり炭火焼きには勝てないだろうな、と……」

アウトドア三昧してきた佐藤なら、炭火焼きの肉なんていくらでも食べたことがあるに違いない。

それでもあえて参戦したいというのは、偏に引き合わされたばかりの清村とふたりきりにする申し訳なさからだろう。

大地は佐藤の思いやりに胸が熱くなった。それなのに、佐藤はただひたすら自分の食欲を強調する。

「実は俺もこの週末は暇なんだ。家でごろごろしてるのもなんだし、それぐらいなら、旨い炭火焼きを食ったほうがいい。勝山とふたりじゃ、食材もたかが知れてるけど、清村さんがいるなら話は別……」

佐藤は、ねえ？　と窺うように清村を見る。もちろん、清村は大きく頷いた。

「昨日、家庭菜園が趣味の親戚から野菜が山ほど送られてきたとこだ。うちでは食い切れないほどな」

「グッドタイミング！」

佐藤は大喜び、大地にハイタッチを求めてくる。さらに、清村は嬉しいことを言う。

「なんなら俺の秘蔵のホットチョコレートも持っていこうか？」

「あの、前に飲ませてもらったやつですか!?　あれ、目茶苦茶旨いっすよね」

佐藤は以前、清村おすすめのホットチョコレートを飲んだらしい。アイルランド製の本格的なホットチョコレートで、日本製のものにはない深い味わいだったという。

秋の川原は案外冷える。冷えた身体に温かいホットチョコレートは染み渡るぞ、と佐藤は嬉しそうに言う。

「そんなに旨いなら飲んでみたいです」

「よし、じゃあ持ってく。あと……そうだな、確か冷凍庫に到来物の松阪牛が……」

「やったー!!!」

素で大喜びする大地に、佐藤がハイタッチしてくる。そんなふたりを清村は黙って見ている。心なしか目が赤くなっているようにも見えたが、もしかしたら気のせいかもしれない。

その後、スマホで天気予報を確認し、バーベキューは明後日、日曜日の開催と決まった。

第二話

切るに切れない『包丁部』

日曜日、空は見事に晴れ渡り、大地は目下バーベキュー準備の真っ最中だ。

玉葱（たまねぎ）と人参は一センチぐらいの厚さにスライス、椎茸（しいたけ）は軸だけ切って、飾り包丁を入れる。鍋をするわけでもないのに、椎茸に星形を刻んでしまうのは習慣のなせる業かもしれない。

昔は飾り包丁なんて考えもしなかったよな……なんて、来し方を思いながら野菜を切っていると、佐藤が冷やかしてくる。

「手際が良いなあ……。ロープワークであんなに苦戦した男とは思えない」

「慣れですよ、慣れ。それに、ロープワークだってちゃんとできるようになったじゃないですか」

「まあ、そうだな。就職して初めてやったロープワークと慣れ親しんだ料理とは違うか」

どう見てもロープワークのセンスはゼロなのによく頑張った、と無理やりのように佐藤に持ち上げられ、大地はむしろ唇を尖らせてしまう。

「センスゼロってひどくないですか？　これでも同期連中の中ではダントツで……」

「確かにな。おまえほど熱心に練習した奴はいないよ」

「でしょう？」

そんな会話を続けつつも、大地はどんどん野菜を切っていく。最後にピーマンの軸だけを落とし、下準備を終わらせると、清村が不思議そうに訊ねてくる。

「ピーマンは切らないのか？」

「ピーマンは丸ごと焼いたほうが断然旨いんです」

「丸ごと……そりゃあ豪快だな」

「種まで食っちゃえばゴミも出ませんしね。一石二鳥です」

「なるほどな。それにしても、勝山は手際が良いな。さっき佐藤が『慣れ親しんだ』って言ってたようだが、料理は趣味なのか？」

「趣味っていうか……」

料理を始めたのは高校時代の部活がきっかけだ。部活を趣味と捉えるならば、確かに大地にとって料理は趣味なのかもしれない。それでも、正面切って『趣味は料理です』というのはちょっと違う。大地は、仲間と一緒に料理をするというシチュエーションが気に入っていたのであって、純粋に行為として捉えるならば、料理よりも走ることのほうが楽しいような気がする。けれど、弁が立つほうではない大地にとって、そんな心情を説明するのは難しかった。

答えに困っている大地を見かねたのか、佐藤が口を開く。

「勝山の高校って、全員部活に入らなきゃいけなかったそうです。で、故障して陸上部を続けられなくなって、やむなく転部した先が料理部……」

「料理部じゃありません」

佐藤が助け船を出してくれたことはわかっていた。ここで『包丁部』という言葉を使えば、説明しなければならないことがひとつ増えるだけだ。だからこそ彼は、大地の『包丁部』という名称へのこだわりを知っていても、あえて『料理部』と表現したに違いない。

それでも大地は、『料理部』という言葉をスルーすることができなかった。

「あー、ごめんごめん。料理部じゃなくて『包丁部』だったね。だから、料理は……」

憮然とする大地に、佐藤はあっさり謝り、話を続けようとした。ところが、今度は清村が素っ頓狂な声を上げた。

「『包丁部』⁉　今『包丁部』って言ったか？」

「はい。それがなにか？」

「もしかしておまえ……末那高出身か？」

「へ……？」

思わぬところで母校の名前を聞き、大地はつい間抜けな返事をしてしまった。高校を卒業して五年になるが、その間『包丁部』という言葉を口にして相手から怪訝な顔をされなかったのも、母校の名前を言い当てられたのも初めてだった。

清村はやけに嬉しそうに確認してくる。

「末那高なんだろ？」

「そうです」

「やっぱりな！　『包丁部』なんて末那高ぐらいでしか聞いたことねえよ。そうか、末那高か……ってことは、勝山は俺の後輩なんだな！」

「え、清村課長も末那高なんですか？」

まさかこんなところで高校の先輩に遭遇するとは……

この上、清村が『包丁部』に所属していたらどうしよう、と一瞬不安になったが、幸いなことにそれは違ったらしい。

「そんな怯えたような顔をするな。俺は『包丁部』じゃない。ただ友だちが『包丁部』にいて、時々部活のあとにおこぼれを頂戴してただけだ。高校を卒業してからもう三十年近くなるから、そいつにしたっておまえたちとは面識はないはずだ」

「そうですよね……」

大地は、ふう……と安堵のため息をついた。

「なるほど、末那高の『包丁部』出身か……じゃあ、手際が良いのも当然だな。あいつらが作った料理は本当に旨かった」

上等の食材を使っていたわけではない。部活の予算なんてたかが知れている。自腹を切っていたにしても、高校生の財布で買えるのはせいぜいスーパーの特売品。それなのに、どれもこれも味は上等、そこらのレストランに劣らなかった、と清村は懐かしそうに語った。

佐藤が嬉しそうに言う。

「そうなんですか……。じゃあ、今日も相当期待できますね！」

「期待って言われても、アウトドアクッキングは……」

いかに『包丁部』といえども、アウトドアクッキングにまで手を出してはいない。もっぱら調理実習室で作れる料理ばかりを作っていたし、高校を卒業したあとは喫茶店でバイトはしたが、大地の役割はウエイターでキッチンには入っていない。大地の屋外料理の経験値はロープワークとどっこいどっこい、練習時間だけを見れば、暇さえあればどこででもできるロープワークのほうが長いかもしれない。

だが、清村はまったく気にしていなかった。

「どこで作ろうが料理の基本は変わらない。基本ができてるなら、アウトドア料理だって上手くやれるさ」

「そうそう。材料を切って、必要に応じて熱を加えて、味をつける。ただそれだけだ」

だったら、あんたらがやってくれ。

思わずそう言いたくなる。それでも、佐藤の口から料理についての話を聞いたことはない。

彼も大地同様ひとり暮らしだが、忙しさのあまり食事は外食やコンビニ任せ、家で包丁を握ることはないのだろう。清村の料理の腕は未確認だが、大地の手際の良さに感心したぐらいだから期待できそうもない。

このふたりに任せるよりも、自分が作ったほうがまだマシ。もともとはひとりバーベキュー、全部自分でやる予定だったのだから、文句を言うほどのことはない……

ということで、大地はさっさと頭を切り換え、切った野菜をコンロの隅に寄せて載せる。

幸い炭は佐藤が熾（おこ）してくれて、いい感じの熾火（おきび）になっている。これなら遠赤外線効果抜群、肉も野菜もさぞや旨く焼けることだろう。

コンロの上の野菜や肉の世話をふたりに頼み、大地は再び包丁を握る。

川原とは言っても、バーベキューが禁止されていないぐらいなので河川敷はそれなりに広くて障害物も少ない。使っているのは牛乳パックを再利用した簡易まな板だが、ごつごつの岩場に比べればずいぶんやりやすいし、包丁もまだ新しいからよく切れる。総じて、環境は悪くなかった。

「お？ 今度は何を作るんだ？」

トマトやナス、玉葱、ジャガイモといった野菜をざくざく刻み始めた大地を見て、清村が期待いっぱいに訊ねた。

「カレーです」

「なんだ、カレーか……」

アウトドアの定番料理と言えばバーベキュー、そしてカレーだ。ついさっき『包丁部』の話をしたばかりだから、清村はもっと珍しい料理が食べられると思ったのだろう。

だが、大地が今日作ろうとしていたのは、一般的なカレーではなかった。

「カレーはカレーでも、無水カレーです。ひとり分だとちょっと失敗しそうだけど、三人分ならいけるかな、と思って」

無水カレーというのは、その名のとおり、一切水を加えず、野菜から出る水分だけで作るカレーだ。トマトやナス、玉葱といった水分が豊富な野菜を使うが、ひとり分では食材の量もたかが知れている。アウトドアクッキングに不慣れな大地の場合、水分が足りず焦げ付かせかねない。だが、三人分ならその危険性は低いだろう。

「……ってことで、無水カレーなんです」

「なるほど、考えたな。それにカレーなら、煮えるまでゆっくり休んでいられる」

そう言いながら、清村はクーラーボックスに手を伸ばす。これは清村が家から持ってきたものだが、保冷能力抜群、中には肉や飲み物がたっぷり、という優れものだ。

清村は、誘ってもらったお礼ということで、野菜ばかりではなく、冷蔵庫にあった肉や飲み物を突っ込んできてくれたそうだ。

冷蔵庫が空っぽになってしまったのではないか、と心配する大地に、清村は、今頃かみさんが大騒ぎしてるかもしれん、あとで叱られたらどうしよう……なんて困った顔になった。

豪快かつ傍若無人なだけかと思った清村の意外な気遣い、そして妻に叱られることに怯える姿に、大地はちょっとほっこりしてしまった。

今日の場所を決めてくれたのも清村だ。

三人でコンロの試用をすると決めたあと、焼き肉を頬張りながらあれこれ打ち合わせをした。その際、場所を訊ねられた大地が、いつも自分が行っている河川敷を提案すると、彼はちょっと眉を顰めた。

その場所もちゃんとバーベキュー場になっているから悪くはないが、せっかくならもう少し足を延ばしてみないか、ということでやってきたのがこの場所なのだ。

会社から一時間ぐらい車で走った山間で、緑がたっぷり。マイナスイオン浴びまくりの上に、川を流れる水もいつもの場所よりずっと冷たく澄んでいる。

大地とてアウトドアに携わる会社の一員、そこにキャンプ場があり、バーベキューもできる、評判もとても良い、とは知っていたが、いかんせん交通の便が悪い。清村が、自分のボロ車でもよければ……と言ってくれなければ、とうてい来られない場所だった。

その上、清村は、大地と佐藤を迎えに来てくれた。申し訳なさすぎて、せめて清村の自宅の最寄り駅まで行く、と言ってみたのだが、自分はドライブが好きだからとあっさり退けられた。

もしかしたらこの人は、案外いい人なのではないか、なんて思いつつ、刻んだ食材を全部ダッチオーブンに入れる。あとは火にかけて煮えるのを待つだけだった。

「旨いなあ、この肉……」

缶ビールを片手に、佐藤が感動している。

彼の感想は当然と言えば当然、何せ清村が持ってきたのは霜降りの松阪牛なのだ。しかも、かなり大きな塊肉で、当初は半分をバーベキューに、残りをカレーに、と考えていたのに、もったいなくてカレーには入れられなくなってしまった。

幸い清村は鶏肉も持ってきてくれたので、ビーフカレーからチキンカレーに変更、松阪牛はめでたくローストビーフになることが決定した。塩胡椒やニンニクを擦り込まれた塊肉は、カレーに使った野菜の皮や切れっ端とともにアルミホイルに包まれ、コンロに載せられている。おかげでバーベキューに使える面積が減ってしまったが、誰からも文句は出なかった。

当然である。火力は強く、肉も野菜もどんどん焼ける。その上、ローストビーフも食べられるのだから、文句など言うほうが罰当たりだった。

「当たり前じゃないですか。肉のランクが違いますよ」

こんな上等の肉は滅多にお目にかかれない。清村は野菜だけではなく、肉も『到来物』と言っていたが、こんないい肉をくれる知り合いに是非とも紹介してもらいたいほどだ。その反面、この肉が冷凍庫から消えたと知った清村の妻の反応が恐くなってくる。清村は、帰宅するなり八つ裂きにされるのではないだろうか……

さすがに気になって、おうちのほうは大丈夫ですか？　と訊ねてみたが、本人は平気の平左だった。

「到来物だって言っただろう？　しかもこれはもらったうちの一部だ。すき焼き用だの、焼き肉用だのいっぱいあって、うちでは散々食べたあと。だが、この塊は……」

夫婦して料理はさほど得意じゃない。塊のまま料理するのは無理そうだし、切って食べるにしても今はいささか食傷気味、やむなく冷凍庫に入れてあったのだ、と清村は羨ましくて地団駄を踏みたくなるような説明をした。

こうなると、心配した自分が馬鹿みたいだった。

「わかりました。じゃあ、遠慮なくいただきます」

「おう。食ってくれ。やっぱり若者は肉が好きなんだなあ……」

一昨日焼き肉を食ったばかりで、よくもそんなに……と清村は呆れている。大地に言わせると、バーベキューで野菜ばっかり食べている清村のほうがおかしい。そして、そこまで食傷するほど松阪牛を食べまくったのか、と羨ましいを通り越し、恨めしく思えるほどだった。

その後、極上の肉はタレなんかいらない、塩胡椒こそが正義だ、と言う大地と、いくら極上でもタレは欠かせない、と言い張る佐藤のくだらなすぎるバトルが続いた。ふと気がつくと、清村が窺うように大地を見ている。

なんだろうと思っていると、意を決したように訊ねてきた。

「勝山は魚も捌けるのか？」

「は……？」

どこに魚が？　ときょろきょろしている大地を尻目に、佐藤が絶叫した。

「清村さん！　お願いですから、ここで釣り竿とか出さないでくださいよ！」

「釣り竿？　清村課長は釣りをされるんですか？」

「嗜む程度だ」

「勝山、信じるな。この人に釣り竿を持たせたら終わりだぞ。日が暮れるまで帰れなくなる！」

「そんなにお好きなんですか。じゃあ、さぞやお上手……」

「お上手ならすぐ帰れる！『坊主』ばっかりのくせに、ムキになって釣るまで帰らない、とか言い出すから質が悪いんだよ！」

「だまれ、佐藤！　俺は魚が食いたいぞ――‼」

「どうせ釣れません！　清村さんの竿は防水ならぬ防魚処理済み、魚はおろか、蟹一匹寄りつきませんから――‼」

なんだこれ……

塩胡椒、タレ論争に輪をかけたような言い合いに、大地は久々に『とほほ一直線』だった。

佐藤は、なおもすごい勢いで捲し立てる。

「釣った魚をその場で料理して食うのは最高です。自分では無理でも、『包丁部』上がりの勝山なら、魚を捌けるだろう。ダッチオーブンもコンロもあるし、塩焼きだけじゃなくちょっと変わった料理にもありつけるんじゃないか……とか思ってるんでしょう！」

怒濤の長台詞を言い終え、佐藤は肩で息をせんばかりの様子だ。そんなに躍起にならなくても、佐藤自身が清村には魚なんて釣れないと言っている。それに、万が一釣れたとしても、ホイル焼きやソテーなら簡単に作れるし、大した手間でもない。魚を捌いたことはないが、ここは川だ。大きなマグロやブリが釣れるわけがないから、丸ごと料理してもなんとかなるだろう。

ところが、呑気に見ていた大地の耳に、清村のとんでもない台詞が飛び込んできた。

「今日、やるかどうかはさておき、料理が上手くて、魚まで捌けるとしたら、うちにうってつけだなあ……」

「清村さん！　勝山を開発に引っ張る気ですか⁉　そうはいきませんからね！」

　さっきのはただの独り言、あるいは冗談の類いだ。そこまで真面目に反応することはないと、思いながら清村を見ると、彼はにやにや笑っていた。

「え、マジですか？」

「良い考えだと思わないか？　開発に試用は付き物だ。調理器具に関しては、実際に料理を作ってみるのが一番。だったら、料理が上手い奴がいたほうがいいに決まってる。なんなら早速人事に打診して……」

「勘弁してください、清村さん。人事は人事部の仕事です。直属の上司でもないのに、勝手にあっちへやったりこっちへやったりを提案したら混乱するだけです」

「適材適所を満たしてないのに放置するのは、会社にとっても不利益じゃないか」

「だーかーらー！　勝山はまだ入社半年にしかなりません。適材適所を判断するには早すぎます」

「そうかあ⁉　だって一昨日の勝山は、いかにも営業はうんざりって顔してたぞ。しかも、おまえがわざわざ連れてきたってことは、すぐにフォローする必要があると判断したんだろう？　さもないとこの先どんどん問題が大きくなるって」

　鋭い……。

　大地は清村の慧眼に恐れ入ってしまった。確かにあの日、自分は住田に呼ばれて叱られた。半ば難癖とはいえ、へこんだことに違いはない。だからこそ佐藤は焼き肉に誘ってくれたのだ。

とはいえ、佐藤が言うとおり、自分はまだ営業職について五ヶ月、研修期間を除けば三ヶ月ぐらいしか経っていない。それで営業に向いていないと判断されるのはさすがに負けた気がしすぎた。

「清村課長、俺は別に営業職が嫌ってわけじゃありません。確かに、陸上をやってたから、その関係のスポーツ用品に関われるなら、と思って選んだ会社ですし、アウトドア関連に配属されたのは意外でしたけど、営業そのものは苦手じゃないと思ってます」

別に俺、コミュ障でもありませんし、と但し書きのように付け加えた大地に、佐藤も加勢する。

「そうですよ。多少うんざりしたかもしれませんけど、それも営業の仕事そのものよりも住田係長の言いぐさに対してです」

「ああ、それはわかる。あいつは本当にどうしようもない」

内容も聞かずに全否定かよ、と大地は開いた口がふさがらなくなりそうだった。それと同時に、この人がこんなふうに否定するのだから、住田の『お小言』なんて取るに足らないことだったんだと思えた。そもそもあの件については、佐藤がその場できっぱり反論をしてくれた。理不尽なのはあちら、思い悩むことなどなにもないのだ。

「ってことで、こいつのことはほっといてください」

「うーん……それは残念だ。『包丁部』出身なら、料理はお手の物だと思ってたんだが……。それこそ、川で釣った魚に、そこらの草でもむしって……」

「あり得ません。確かに料理はそれなりにできますけど、それって食材として売られてるものを使うのが前提です」

このところ多少は屋外で煮炊きしてきたが、材料はちゃんと揃えて持っていった。しかもその大半は、カレーとか豚汁といった鍋にぶち込んで煮込めばＯＫというものなのだ。屋外でありあわせでぱぱっとなんて不可能です、と大地は言い切った。ところが、清村はあっさり言い返してきた。

「食える魚や草の本なんて、山ほど出てる。アウトドア用の料理本だってある。二、三冊ひっつかんでいけば大丈夫だろ」

「だったら、俺じゃなくてもできるでしょ！」

「俺はもっぱらアウトドアではテントの設営や薪(まき)の調達係だ。さっき佐藤にも言われたとおり、料理関係はせいぜい火熾しぐらいしかできない。周りの奴らも、こいつにだけは刃物を持たしちゃ駄目だ、とか言いやがって、料理はさせてもらったことがない……ていうか、あいつらいったい俺をなんだと思ってやがるんだ。みんな俺と似たり寄ったりのくせに。だいたい……」

まずい……エンドレス愚痴モードに突入してしまう。これでは、なんのためにバーベキューに誘ったのかわからない。それよりなにより、こんなに気持ちの良い場所でおっさんの愚痴は勘弁してほしい……

大地は、なんとか清村の愚痴を止めるべく、必死で言葉を探した。

「えーっと、えーっと……あ、そうだ。アウトドアをやりたい人間って、みんながみんな料理上手とは限りませんよね。いっそ、料理が苦手な人間でもささっと作れそうなレシピ開発でもやったらどうですか？　それなら開発部でもできる、というよりも料理下手集団ならもってこいです」

「レシピ開発……？」

「ええ。レシピ開発だって開発の一種だとかなんとか言い張って、昼飯でも残業食でも作りまくったらいいじゃないですか」

「それは無理がありすぎるよ」

それまで黙ってふたりのやりとりを聞いていた佐藤が、とうとうそこで口を挟んできた。さすがに、料理レシピの開発を開発部の仕事と言い張ることはできないと思ったのだろう。

「開発室で、朝から晩までレシピ開発をやってるわけにはいかないだろ？」

「うーむ……だが、製品の性能を試しがてら料理を作ってみて、レシピメモみたいなものをくっつけて売るって手はありかもなあ……」

やった、愚痴が止まった！

大地は喜びいさんで同調する。

「レシピメモ！　それ、グッドアイデアです！　アウトドア向けの失敗なしレシピ、とかなら初心者も大喜び。アウトドア調理用品売り場にも掲示すれば、じゃあちょっとこのコッヘルやコンロを買って作ってみるか、って思ってもらえますよ！」

「お、いいなそれ！　だが、俺……というか今の開発部のメンバーも含めて、レシピ開発できるほど料理の腕を上げるには百年かかる、ってことで、おまえが開発部に来てやってくれ」

うわあ、話がちっとも逸れない。それどころか、どんどん圧力が強くなる。焦りまくる大地の代わりに、佐藤が口を開いた。

「ですから、それはパスですって。少なくとも一年ぐらいは営業をやらせてみて、どうしても駄目ならそっちに下げ渡しますよ」

「佐藤さん、いくら何でもひどいっす。下げ渡すって……」

ああ、ごめん、つい……と佐藤は即座に謝る。ただ、とにかく部下に留めたいという気持ちが伝わってきて、大地はちょっと嬉しくなった。

一方、清村は、せっかく職場で旨い飯が食えると思ったのに、とかぶつぶつ言いながらも、まだあきらめる気はなさそうだ。なんとか、大地を誘い込もうと戦略を変えてきた。

「むう……駄目か。じゃあオブザーバーってのはどうだ。営業のままでいいから、時々アドバイスをくれよ」

「俺はそこまで有能じゃありません」

営業の仕事を覚えることで手一杯、仮にそうじゃなかったとしても、料理のアドバイスなんてできるはずがない。なんせ大地はアウトドア料理なんて門外漢なのだ。

「そういうのに適した人は他にいると思います。俺はちょっと……」

「なんだよ、つれない男だな。『包丁部』たるもの、あらゆる料理をだなあ……」

「『包丁部』は思いっきりインドア集団です。そんな期待されても困りますって」

「でも勝山はもともと陸上部だったんだろ？　アウトドア派じゃないのか？　今だってそこらで走ってるんだろ？」

「走ってるだけです。外で飯なんて作り……」

そこまで話して、大地は唐突に言葉を切った。なぜなら、今、まさに自分はその状況にあると気付いてしまったからだ。

「作ってるよな……今。それに、勝山は入社以来、暇さえあれば川原でアウトドアクッキング。もともと料理の基礎は積んであるんだから、アドバイザーぐらいなら……」

そんな佐藤の台詞が降ってきて、大地はついつい、裏切り者！　と吠えたくなる。

さっきまで散々、清村の意見に反対してくれていたのに、オブザーバーという言葉が出たとたんにこの様である。基本的にこの人は清村の味方だったのだな、とがっかりしてしまう。

「な？　ほら、佐藤だってこう言ってる。そうだ、近いうちに開発部を見に来いよ。なんなら、試験管やビーカーで飯を作らせてやってもいい」

「まっぴらごめんです！」

大学でも理系の研究室に所属した同期生たちが、研究の合間に適当に料理を作っていると聞いたことがある。実験が深夜に及び、コンビニに買い出しに行こうにもその場を離れられず、やむなく食材を買い込んで自炊していたらしいが、いくら洗ってあるとはいえ、ちょっと前まで薬剤が入っていたような実験器具で作ったご飯など食べる気がしない。食べる気がしないようなものを作るなんて、もっての外だった。

これには佐藤も同意見だったらしく、苦笑いで言う。

「試験管やビーカーが基準のレシピなんて、使いものになりません。ちゃんと、うちの製品を使ってもらわないと」

「そうですよ。うちの製品なら雨が降っていようが、風が吹いていようが、ちゃんと料理が作れます。これから開発するものだって、既存レベルは超えてるはず。普通にうちの製品を使ってください」

「そこまで自社製品に惚れ込むなんて見上げたもんだ。昨今、そんな新入社員は珍しい。おまえはいい営業マンになるかもしれないな……」

「でしょ？　だから、勝山は開発にはやりません」

「わかった、わかった。それはあきらめる。でも俺は、おまえみたいに仕事に真剣に向きあえる奴の意見がほしい。オブザーバーの件は考えてみてくれ……いや、待てよ、それよりいっそ『田沼スポーツ包丁部』でも立ち上げるか……」

「はあ⁉」

どこからそんな発想が？　と大地は呆れ果ててしまう。それなのに清村は、さもグッドアイデアと言わんばかりに頷いている。

「オブザーバーとはいえ、仕事がらみじゃ言いたいことも言えなくなる。それならいっそ、同好会みたいにしてしまえば対等な立場で付き合えるし、ストレートな意見も出せる。勝山は『包丁部』だったんだし、俺だって末那高出身、俺たちで『包丁部』を作ったっていいじゃないか」

悦に入りまくりの清村に、佐藤はまたも同調する。

「同好会っていうか、サークルですよね。いいと思いますよ。もしかしたら会社が予算を付けてくれるかもしれないし」

福利厚生の一環として、サークル活動は奨励されている。スポーツ用品会社だけあって、運動部が多かったが、文化系のサークルがないわけではない。これまで社内に料理関係のサークルはなかったから、新しく作るのも難しくはないはずだ。しかも、仕事にも役立つとなったら、けっこう予算も弾んでくれるのではないか、と佐藤は意気込んだ。

「勝山だって、これまで試用に使う食材は自腹を切ってたんだろ？　多少なりとも予算が付いたら助かるじゃないか」

「確かに……。でもさすがに『包丁部』は……」

『包丁部』は末那高発祥の名称である。全国を探しても他にあるとは思えない。その由緒正しき名称を無断使用するのは……と戸惑う大地に、清村はあっさり言い切った。

「たかだか会社の中のちゃちなサークルだ。外に出すようなものでもないし、そう難しく考えることもない。第一、『包丁部』って名称がどこかに登録されてるわけでもないだろ？」

「そんな話は聞いたことないです」

「それなら大丈夫。おまえの先輩たちにしても、『包丁部』が外でまで使われるようになったか、って草葉の陰で……」

「先輩方は全員健在です！」

『包丁部』の歴史はせいぜい二十五年といったところ、歴代部員たちの中で鬼籍に入った者はいない。それは、同窓会名簿で確認済みだった。

「そうか。それは悪かったな」

そこで清村は、がはは……と豪快に笑い、そのまま『田沼スポーツ包丁部』設立は既定の事実となってしまった。

「よし、ってことで、さあ釣りだ！」

そう言うと、清村は上機嫌で車のほうに向かおうとした。おそらくトランクに釣り竿を入れているのだろう。ところが、そんな清村の腕を佐藤がむんずと摑んだ。

「清村さん、サークルを立ち上げるなら具体的な相談が必要です。なにより、もうすぐカレーができます。そっちが先でしょ？」

そうだった、と大地も思い出し、慌ててダッチオーブンの蓋を取ってみる。中を覗き込むと、野菜から滲み出した水分で材料がぐつぐつ煮えている。箸を突っ込んでみると肉もしっかり軟らかくなっていた。

大地はカレールーを鍋に割り入れ、ここぞとばかりかき混ぜる。

「うひゃー、旨そう‼」

「おお、確かに！」

トマトの甘酸っぱい匂いの上に、カレールーの香りが重なる。佐藤も清村も、ひたすら生唾を飲むばかりだ。あらかじめライスクッカーで炊いておいたご飯は、正直少し冷めかけていたけれど、熱々のカレーをかけるのだから問題はない。

直火で炊いた飯は、むしろ冷めたときにこそ真価を発揮する。米が持つ本来の甘みがじんわりと滲み出てくるような気がするのだ。それは、カレーの煮上がりを待っているあいだに、こっそりつまみ食いをした大地には、自信を持って言えることだった。

「これはすごいな！」

清村が目を見張った。

それもそのはず、皿の上のカレーは超大盛りなのだ。そしてそれは、佐藤の意図による。彼は、盛り付けようとした大地からライスクッカーごとご飯を奪い取り、ここぞとばかりに皿に積み上げた。そして、山盛りご飯の上にこれまたたっぷりカレールーをかけ、清村に差し出したのだ。

「清村さんなら、これぐらい余裕でしょ」

「さすがに余裕ってことはない。これだけ食えば、腹一杯だ」

「そうですかあ？」

そんなやりとりをしつつ、佐藤はにやにや笑っている。しかも大地に、握った手の親指だけを立てて見せる。もちろん、清村に見つからないようにこっそりと……

大地は噴き出しそうになるのを懸命に堪えた。

おそらく佐藤は、清村をカレーで腹一杯にさせ、魚を釣って食おうなんて気を失せさせるつもりに違いない。

清村は、釣りのことなどすっかり忘れたようにカレーをがっついているし、あれだけの量を平らげれば満腹になるに違いない。今日のところは釣りをあきらめてくれるだろう。清村の分を大盛りにしたせいで、大地と佐藤のカレーはすっかり減ってしまったけれど、それでも、釣果が上がらず吠えまくる清村を延々見せられるよりは遥かにマシだった。

ところが、自己犠牲を伴う佐藤の作戦は、見事なほどの裏目に出た。大盛りカレーを平らげた清村が、元気いっぱいに宣言したのだ。

「最高のカレーだった！　だが、すまん！　ほとんど俺が食っちまったみたいだ。おまえらは足りなかっただろう？　ちょっと待ってろ、今俺がでっかい魚を釣ってやるからな！」

エネルギーチャージ完了、さあ思いっきり釣るぞ！　と清村は意気軒昂、佐藤はもう必死の説得だ。

「大丈夫です！　俺たち、肉をいっぱい食ったから超満腹です！」

「いやいや、おまえら若いんだからあれっぽっちじゃ絶対足りないはずだ」

「あれっぽっちじゃありません。バーベキューだけじゃなくて、ローストビーフもあったし、腹の中は肉でいっぱい。だからこそ、カレーの量を減らしたんです。清村さんはそんなに肉を食ってないから、これぐらい食えるだろうって……」

これはやばい、と察した大地も、力一杯佐藤に加勢する。

「そ、そうです。こんなに肉があるとは思ってなかったから、飯は三人分炊いちゃったし、清村課長が食べてくださらなかったら、処分に困るところでした。現に、カレーはまだ残ってるし……」

本当に腹が減っていたら、ご飯なしでも食べてしまう。それをしないのは、これ以上は入らないからだ、という大地の意見で、なんとか清村も納得してくれたらしい。

彼は、渋々そのものの顔で言う。

「そうか？　本当に大丈夫なら、今日のところはまあ……」

「これぐらいで勘弁してやってください！」

揃って営業マンの見本のような礼をし、なんとかふたりは、清村主演の『釣れない釣りショー』観覧を免れた。

おかげでそのデイキャンプは、ひたすら旨いものを食いまくった幸せな時間として、大地の記憶に残ることになった。

その後、佐藤の活躍で、『田沼スポーツ包丁部』は瞬く間に立ち上がった。

しかも、活動拠点を開発部第二開発室と定めたため、併設のミニキッチンも使い放題、細やかながらも予算ももらえたから、今後は大地が乏しい財布から肉や野菜を買う必要はなくなるはずだ。

たとえ予算内に収まらないことがあったとしても、最低でも清村、佐藤、大地で分担となる。

末那高オリジナルの『包丁部』を勝手に使うことには良心の呵責（かしゃく）が残るものの、清村の提案は大地にとっても良いこと尽くしだと認めざるを得ない。

唯一の難点は、あの清村と一緒に活動しなければならないことだが、『田沼スポーツ包丁部』がなかったとしても、オブザーバーの役割から逃れられるとは思えない。それなら経済的負担だけでもなくなったほうがいい。

大地はそう考え、『田沼スポーツ包丁部』の設立を大いに喜ぶことにした。

第三話

巻き込まれ人生邁進中

グルメ尽くしのデイキャンプから半月後、取引先から戻った大地は、階段で清村に出くわした。

大地が三階にある営業部に向かっていると、清村がどかどかと下りてきたのだ。

あの日は、旨いものを散々食べられたし、デザート代わりにと清村が出してくれたホットチョコレートは、熱々のミルクに固形のチョコレートを溶かし込んで作ったもので、濃厚かつクリーミー、それでいて後味もしつこくないという奇跡の一杯。大地は、もうインスタントのココアなんて飲めなくなるのでは……と心配になってしまった。

その後、手分けしておこなった後片付けも至ってスムーズ、さすがアウトドア関連グループメンバーと感心するほどだったし、釣りをしたい清村を抑え込むのこそ大変だったが、雰囲気も終始和やかだった。

清村が佐藤を探して営業部にやってきた日、正直大地は、彼から滲み出ていた押しの強さが苦手だと感じた。無理やり焼き肉屋に連れて行こうとするなんて、もっての外だと思ったのだ。

けれど、あの焼き肉食べ放題の席で、大好きな開発の仕事から外されるかもしれないと知って、へこみまくる姿や、バーベキューをするために場所を探したり、車を出してくれたりする姿を見て、認識を改めた。なにより、あの松阪牛はすごかった。

美味しいものを食わせてくれる人に、悪い人はいない。それは、学生時代から持ち続ける大地の信念のようなものだ。焼き肉食べ放題のときですら、大地は一銭も払わせてもらえなかった。その上に、あの松阪牛である。大地の中で清村は、『面倒くさくて関わりたくない人』から『ちょっと面倒くさいけどいい人』、さらに『田沼スポーツ包丁部を立ち上げてくれた人』に変わっていた。

清村はすごい勢いで階段を駆け下りてくる。そこで大地は立ち止まり、深々と頭を下げた。

「清村課長、先日はありがとうございました！」

「そんなことはどうでもいい。ちょっと来てくれ！」

そう言うなり清村は、後ろを振り向いて叫んだ。

「佐藤！　もういい、見つかった！」

あたりに轟き渡る声に応えるように、階段の踊り場に姿を現したのは佐藤だった。

「うへえ、何で帰ってくるんだ！」

「はあ⁉ ここ会社だし、今五時半だし、外回り終わったら帰ってくるでしょー！」

「そうそう、正しい営業マンは六時までには帰社して、日報書いて業務終了」

上機嫌の清村とやけに悔しそうな佐藤を目の前に、大地は『いったいなにがどうなった』状態だった。そんな大地の腕をむんずと摑み、清村はどたどたと階段を下り始める。

三階にある営業部の部屋は目前、省エネがてらここまで我が足で上ってきた労力をどうしてくれる、なんて言ったところで聞いてもらえるわけがない。そもそも、正確には省エネというよりも、エレベーターを待っている時間がもったいない、さっさと日報を書いて帰りたい一心だったのだ。

自分の机に辿り着く前に拉致され、あまつさえ今上ってきた階段を逆行させられたのでは、振り出しに戻れである。もっと言えば、この男に拉致されては、ただ階段を下りただけで済むわけがない。振り出しどころか、別のゲームに引き込まれるようなものだ。しかもそのゲーム、どう考えても『クソゲー』……

勢いよく階段を下りていく清村に引きずられ、大地は階段を踏み外さずに済むようにするのが精一杯、気付いたときには建物の外に出ていた。

「ちょ、清村課長、どこ行くんですか⁉」

「商品開発部に決まってるだろ。この方向に歩いて他になにがある？」

「グ、グラウンド？」

「グラウンドでなにをするんだよ」

「シューズの耐久実験とか？　実際に走ってみなけりゃ傷み具合はわからないとかなんとかで、新入社員を全員集めて二十四時間耐久ランニング、とか……」

「二十四時間耐久……まあ、やりたいならやらせてやってもいいが、うちの製品は優秀だから、シューズより先におまえらが潰れるぞ」

「ですよね……ってか、勘弁してください」

言い出したのはそっちだろ、と大笑いしながら、清村は歩を進め、きっちり三分で商品開発棟に到着した。普通に歩いたら五分、いや六分はかかるだろう距離を三分、しかも走ったわけではなくただの歩行である。この男はもしや、競歩でもやっていたんじゃないかと思うほどの速度だ。

大地は日頃からジョギングをしているからなんとか付いてこられたが、一緒に出たはずの佐藤は見事に置いてきぼり。彼がひいはあ言いながらやってきたのは、一分以上経ってからだった。学生時代はそれなりに運動していたのだろうけれど、営業マンをやっている間にすっかり衰えてしまったらしい。

「だ、大丈夫か勝山！」

佐藤がドアを開けるなり、心配そのものの声で叫んだ。

「え、まあ、今んとこ……」

――このふたり、なんだかずいぶんハイテンションだ。それに、開口一番「大丈夫か」ってどういうことだ。俺はいったい何のために拉致られたんだ？　ってか、どこ行った、清村課長⁉

大地がいる部屋はどうやら会議室らしく、テーブルと椅子、あとはホワイトボードぐらいしか置かれていない。清村は、大地をその部屋に押し込むなりどこかに消えたのだ。

佐藤は会議テーブルの上と部屋の中をざっと見回し、安堵の息を漏らす。

「よかった、間に合った。おまえ、とりあえずこれを飲んどけ！」

そして彼は、スーツのポケットから出した小箱を渡してくる。なんだろうと思ってまじまじと見ると、それは大地もよく知っているラッパのマーク、要するに下痢、腹痛止めの薬だった。

「でも、佐藤さん、俺は別に腹なんて痛くありませんし」

「今は、な！　でも……」

「待たせたな、勝山。あ、この野郎、なんてものを出しやがる！」

またしても元気いっぱいに入ってきた清村は、佐藤の手の中にある『ラッパのマーク』を見て即座に文句を言った。もしも手が空いていたら、突進してきて取り上げかねない勢いだったが、あいにく清村の両手は大きなトレイに塞がれている。そして、トレイの上にはなにか茶色いものが載った紙皿……

「げーっ！　清村さん、それこの間のと、ほとんど変わってないじゃないですか！」

「なにを言う！　前のとは違う。あれより断然食いやすいはずだ」

「食いやすい⁉　それ、食い物に対するコメントとしておかしいでしょ！」

食いやすいというのはそもそも、もともと食えないものをなんとかして食えるように奮闘しているときに出てくる表現だ、と佐藤は言う。大地も異論はない。今のやりとりのどこをどう取っても、目の前の紙皿に載っている物質が旨いものとは思えない。それどころか、もともと食品かどうかも危ういレベルだった。

「き、清村課長、これ……なんなんですか？」

「心配するな、毒じゃない」

そりゃそうだろう。佐藤が差し出したのは下痢止めだ。皿の上の物質が毒だったとしたら、太刀打ちできる代物ではない。

「確かに毒じゃないでしょう。でも、同等の破壊力はあります！」

「失礼すぎる。でもまあ、前のとは違うから安心しろ」

「念のためにお訊きしますが、『前の』って……？」

「佐藤が食ったやつか？　あれは深海魚だ」

「ああ、深海魚ですか……」

深海魚と聞いて恐れをなす人は多いかもしれない。だが、幸い大地はそうではない。

高校、大学と食に関わり続けたおかげで、深海魚はそこそこ食べられるし、調理法によってはそこらの魚より美味しいことはわかっている。しかも、密かに進出を続け、寿司ネタやフライなどとして知らないうちに口にしているものも多いのだ。佐藤のように深海魚というだけで、怯えたような顔をするのは間違っている。深海魚なら大丈夫だ、と大地はほっとした。

だが、次に佐藤の口から出てきた言葉は、一瞬の安堵を見事に打ち砕くものだった。

「納得してる場合じゃないよ勝山。最初は俺だって、おまえと同じように思ったんだ。深海魚なら心配ない、フライだって寿司だってけっこう食ってるって。でもこれは、そういう市場に出回ってる魚じゃない。明らかにヤバいから誰も食わないってやつなんだ。だいたい、なんで清村さんが魚の煮付けを作りまくってるんですか」

「いや、せっかく釣りが趣味なんだから、自分も捌けたほうがいいだろ？　目下絶賛練習中だ」

「だったら、ひとりでやってください。なんで俺たちを巻き込むんですか！」

そもそも、釣った魚を捌いて食べられるようになりたいのに、深海魚を持ち出すところが尋常ではない。どれだけ長い釣り糸を垂らすつもりだ、根本的に間違いまくっている、と佐藤は非難囂々だった。

「確かに……清村課長はなんでわざわざ深海魚を？」

「深海魚を狙ったわけじゃないんだが、前に、アウトドア用の調理器具にレシピを付けたらどうか、って話が出ただろ？　この前みたいな川沿いのキャンプ場なら魚を釣ることもあるだろうし、魚料理のレシピがあってもいいんじゃないかと思ってたら、知り合いが魚をくれた。それがたまたま深海魚だったんだ。あ、深海魚をくれたのと今日の魚をくれたのは別な奴だからな」

「どんだけ、食い物をくれる知り合いが多いんですか！　しかも得体の知れない魚とか！」

「まあいいじゃないか。深海魚料理のレシピなんて珍しくていいだろ？」

「需要ゼロです！　普通にキャンプに行って深海魚にお目にかかれるとでも思ってるんで

すか？」

「いやあ……。海沿いのキャンプ場なら、大時化のときとかにうっかり打ち上げられるやつがいるんじゃないかと……」

「大時化のときはキャンプ自体を中止してください！」

「む……一理ある」

なんなんだ、このふたりは……

大地は漫才さながらのやりとりに、うっかり笑い出しそうになる。

大時化の海岸で、向かい風を押し返しながら深海魚を探す清村が目に浮かぶ。しかも、拾い上げようとしたとき、突風が来て吹っ飛ぶ姿まで……

「なにを笑ってるんだ、勝山！」

堪えきれず噴き出した大地に、佐藤が睨みつけるような目で言う。

「す、すみません、つい！　でも、清村課長、どっちにしても得体の知れない魚を食うのはやめたほうがいいですよ」

「そうか？　もしかしたら旨いかもしれないと思ったんだが……。実際、例の深海魚だって味自体は、ものすごくよかったぞ。こいつも呼んで食わせたが、箸が止まらなかったし」

「いくら目新しくても、目茶苦茶旨くて箸が止まらなくても、速攻で下痢になるようなのはごめんです！……てか、ぶっちゃけ、下痢のほうがまだまし」

ひどい目に遭った、と佐藤が嘆きまくる一方で、清村は涼しい顔をしている。

「あれはおまえが食いすぎたのが悪いんだ。俺はちゃんとそこらでやめとけって止めたぞ」

「せいぜい腹が緩くなるぐらいだと思ったんですよ！　誰が、人間に消化できない魚の脂があるなんて思いますか！」

下痢なら予兆がある。だが佐藤が遭遇したのはそんな余裕のある事態ではなかったそうだ。尾籠すぎて話すのも憚られる。知りたければ自分で調べろ、と佐藤は突き放すように言った。さらに検索ワードも追加してくる。

「えーっと……『バラムツ』……」

スマホを操作する大地を、清村がにやにや笑いながら見ている。検索結果を見た大地は、その笑いの意味と佐藤に起こった悲劇を正確に理解した。

佐藤は、スマホを持って絶句している大地を無理やりドアのほうに押しやる。

「勝山、先に行け！　俺のことはいい。おまえだけでも生き残るんだ――！」

「き、清村課長、俺、ちょっと急用を思い付きました！」

ぶほっと清村が噴き出した。

「なんだよ、その茶番。しかも、思い付いたって。せめて思い出したと言え。だがそんなに心配することはない。今回のは大丈夫、国が食うのを止めてるようなものではない」

「じゃあ、俺が食わされたのは、国が止めてるやつなんですか⁉」

「ああ、あれか、あれは……あはは……」

清村は『笑ってごまかす人』とタイトルをつけるしかない有様で、佐藤はいよいよ脱力した。

確かについさっき検索した結果によると、『バラムツ』は毒魚として国が流通禁止にしている魚で、食べているのは漁師、釣り人という自力でゲットした人ばかり、清村の知り合いというのもそのひとりだろう。いずれにしてもレシピを作って人に勧めるなんて、もっての外だ。

「心配するな。あれはたまたま手に入った知り合いが面白がって送ってくれただけだ。それに味自体は旨いって評判だから、ついでにおまえにもご馳走してやろうと思ったんだ。ヤバい魚ほど旨いって例があるだろ？　河豚みたいにさ」

「河豚は毒がある場所が特定されてますし、ちゃんと資格を持った人が捌けばただただ美味しく食べられる食材です。人民総当たりのバラムツと一緒にしないでください」

「だから、食いすぎなければ大丈夫だったんだよ。おまえが卑しいのが悪い。だが安心しろ、これは……」

――このすきに逃げ出してしまおう……

大地の頭には、もはや『脱出』という言葉しかなかった。

ところが大地が動くか動かないかのうちに、清村がぱっと振り返った。

「ということで、ここにあるのは安全性が保証されたものだ。まあ食ってみてくれ」

「旨いんですか？」

「どうだろう？　ま、ものは試しって言うじゃないか。とりあえず食え」

「だったら、ご自分でお試しください！　ていうか、これ、ただの煮魚でしょ？」

「普通には売られていない魚の煮付けだぞ？　こんな経験は滅多にできない。それに、俺は馬鹿舌かもしれん。ここは『包丁部』の出番だろ」

「『包丁部』は関係ありません！」

すったもんだの末、なんとか逃げられないかと奮闘するもオール玉砕、大地は目の前の得体の知れない魚を食べるしかなくなった。佐藤の気の毒そうな視線の中、ままよ、とばかりに口に放り込む。

「どうだ？」

清村の期待いっぱいの目が痛い。

どうだ、もクソも、感じたのは圧倒的な泥臭さ、そして劣化しまくった醬油の味だけだった。おそらく川の魚なのだろう。泥臭さについてはやむを得ないかもしれないが、この醬油はひどすぎる。

不味いものを不味いと言っていい局面かどうか悩みつつ、大地は清村を窺った。

「これ、課長が作ったんですよね。調味料はどこから？」

「開発室にあったのを使った」

「でしょうね。この醬油、絶対ヤバいやつです」

「ヤバい醬油？　どういう意味だ？」

この人に賞味期限という概念は通用するだろうか、と危ぶみながら大地は言った。

「開封してちょっとだけ使って、そのあと常温でそこらに放置してあったような醬油です。水分が蒸発して不自然に濃いし、かといってコクが出てるわけでもない。風味もなく、ただただしょっぱいだけの醬油です。たぶん、賞味期限もとっくに切れてるでしょう。どんなにいい素材を持ってきたって、この醬油で煮たら台無しです。しかもこれ、酒もみりんも使ってないでしょう？　だから、魚の身がかちかちになっちゃって、正直、食えたもんじゃありません」

いくら普段から料理なんてしていないといっても、これはひどすぎる。こんなもので腹をいっぱいにするなんて耐えられない、という大地の意見に、清村は意気消沈しまくりだ。その一方で、佐藤は手を叩いて喜んでいる。

「すごいぞ、勝山！　さすがは料理部、いや『包丁部』出身だ！　調味料の違いにまで気がつくなんて」

「そうか、醤油か……。実は俺も食ってみたんだが、なんだか妙に不味くてな。原因が調味料だとは思ってもみなかった」

「じゃあ、不味いってわかってたんじゃないですか！」

なにが、ものは試し、だ！　と内心ぷんぷん怒りつつ、大地は説明を加えた。

「調味料は料理の基本です。特に日本人の場合、隠し味にも醤油を散々使いますから、その醤油がぐだぐだだったら全部が駄目になっちゃいます。少なくとも賞味期限内のものを使うべきだし、開封済みの醤油の保管にはもっと気を遣うべきです」

「醤油の賞味期限とか保管方法なんて、気にしたこともなかったよ」

そもそも醤油は塩分の固まりのようなものだ。腐るなんて概念すらなかった、と佐藤は言う。

おそらく清村も同様だろうし、大地自身『包丁部』の先輩に教えられるまで知らなかった。

それでも今は、保存状態の悪い醬油がどれほど料理を不味くするかはちゃんとわかっている。

開封後も味が落ちないと評判の醬油があるが、あの売れ行きから考えても、調味料にこだわる人間は増えつつあるのだろう。

「旨いものを作りたかったら、まずは調味料からです」

「いや、それはわかるが、いい調味料っていうのはけっこう高いだろう？」

「誰も超高級品を揃えろなんて言ってません。普通でいいんです。とにかく醬油本来の味を持ってるものであれば……」

「スーパーに売ってるようなのでいいのか？」

「もちろんです」

大地の答えに、清村が勢いよく立ち上がった。

「よし、じゃあちょっと買ってくる！　だから、おまえが作ってみてくれ」

「ええ――――!?」

何で俺が、と言う間もなく、清村は部屋から出て行く。残された佐藤と大地は啞然とするばかりだった。

「佐藤さん……このまま帰っちゃ駄目ですかね？」

「そうしたいのは山々だが、相手は清村さんだ。そう簡単にあきらめてくれないし、ここで帰ったところで問題が先送りされるだけ。あの人の気が済むまで付き合うしかない」

「うう……ところで佐藤さん、もうひとつ訊いていいですか？」

「なんだ？」

「これって、残業になるんですかね？」

「……無理だろうな」

佐藤の返事に、大地は絶望的な気分で不味さマックスの煮魚たちに目をやった。

「ほい、買ってきたぞ！」

清村が上機嫌で戻ってきた。さっきの大地の話をちゃんと聞いていたのか、みりんと料理酒まである。

「酒とみりん、砂糖もあるし醬油は新鮮かつそれなりにいいやつだ」

いい醬油である必要はない。むしろ、どこの家庭でも使っているようなありふれた醬油のほうが望ましい。だが、もう買ってしまったものを今更ごたごた言っても仕方がない。

大地は、あきらめ気分満載で開発室に向かった。

「調味料はこれでいいな。あとは……」

「清村さん、肝心の主役がいません」

「お、そうだった、そうだった。主役の魚は冷蔵庫にあるんだ」

そう言うと清村は鼻歌交じりに冷蔵庫を開け、中からステンレス製らしきトレイを取り出した。

トレイの中身を覗き込み、大地ははあーっと息を吐いた。なぜならその魚は三十センチ前後とかなり大きいものの、とにかく三枚下ろしのフィレ状態だったからだ。

「よかった、捌いてある……」

ほっとして呟いた大地に、佐藤が意外そうな目を向けた。

「勝山、おまえ魚を捌けないのか？」

「捌けるわけないでしょ！　なにを期待してるんですか！」

包丁部には全国規模の料理コンテストで優勝した先輩がいる。あの先輩なら目の前の魚はおろか、寒ブリぐらい余裕で捌けるだろう。けれど、その先輩がいたおかげで、魚の下準備は任せっぱなし、大地が包丁を振るったことはなかった。

そもそも『肉こそ命』の高校男子の集団が、しずしずと魚料理に勤しむはずがない。米、麺、パンといった炭水化物を主体に鶏、ときどき豚、ところによっては牛が降るでしょう、といった具合だった。

唯一の例外は魚のフライだが、それもほとんどは切り身で買ってきていたから、コンテスト優勝者ですら魚を丸ごと解体する機会はなかったのである。

ところがその話を聞いた清村は、世も末だと言わんばかりだった。

「魚一匹捌けないなんて『包丁部』の名が廃る。歴代先輩が墓の下で号泣するぞ」

「だから、先輩方は全員健在です！」

「だったな。まあ、好きなものを自分で料理して食ってるんだから、コンビニ飯漬けになるよりは健康的なんだろうな。長生きもするってもんだ。でも、少なくとも俺が知ってる『包丁部』の連中は、魚ぐらい余裕で捌いたぞ」

昔の部員たちはもしかしたら万年欠食児童ではなかったのかもしれない。なにせ、部を設立した理由が『料理をしたい』という一念だったそうだから、当然魚料理にも挑んだのだろう。

そこは、料理好きに食欲大魔神が乗っかった大地たちの時代とは、大いに異なる点かもしれない。

そんなことを考えながら、不味い以前の問題だった煮付けに目をやった大地は、根本的な疑問に行き当たった。

「そういえば、これは誰が？」

目の前のフィレには、鱗（うろこ）も頭もない。スーパーや魚屋に持ち込んだとは思えないから、誰かが捌いたはずなのだ。

「これはうちの若いのにやらせた」

「だったらその人に料理してもらえばよかったじゃないですか」

魚が捌けるぐらいだから料理もできるだろう、という大地の意見を、清村はあっさり否定した。

「無理。なぜならこいつを捌いたのは、学生時代に魚の病気を研究してた男で、解剖は得意だが料理はまったくできない。それよりなにより、ちょっと危なすぎて任せられなかった」

捌いたときもそばで見ていたが、包丁ではなくメスを使っていた。やっているうちにどんどん猟奇的な目になっていき、これ以上は危険だと判断してストップをかけた。さもなければ、皮もちゃんと剝（は）がしたのに……と清村は残念そうに言う。

いわゆるマッドサイエンティストってやつ？　刃物を持っちゃヤバいって自覚があって、魚の病気の研究をやめてうちに来たのか？　さすがにスポーツ用品会社の開発部で刃物を持つことはないだろうって……？　どっちにしても、ヤバすぎじゃないか！

「ってことで、こいつらを料理してみてくれ」

そう言うと、清村はトレイをぐいっと大地に押しつけた。

魚を処理しない限り、解放されそうにない。佐藤は食べる専門だと豪語しているし、清村の腕の程は実証済み。包丁の握り方すら怪しいふたりよりは、自分のほうがマシだろう。

そして大地は、ため息を連発しながらトレイを受け取った。

「ここを使ってくれ」

そう言いながら清村が示したのは、第二開発室の隅にあるミニキッチンだった。

スポーツ用品会社の開発室に、なぜキッチンが付いているかは不明だが、もしかしたら過去に保存食の開発にでも挑んだことがあるのかもしれない。そして現在、『田沼スポーツ』のオリジナル食品が売り出されていないところを見ると、その挑戦は失敗に終わったのだろう。

キッチンには二口のコンロがあり、グリルも付いている。流しの下を覗いてみると、包丁とまな板が入っている。その横には鍋やフライパン、ボウルその他もあったから、なんとか料理らしきことはできそうだった。

大地はスーツの上着を脱ぎ、ネクタイも外した。どこかにエプロンがないかと見回したが、そんなものがあるはずもない。飛び散った調味料でシャツが台無しになるのは勘弁してほしい、と思っていると、清村がロッカーから白衣を取り出した。

「これでも着てろ」

「白衣ですか……。せめて割烹着(かっぽうぎ)がよかったな」

「なんで開発室に割烹着があるんだ。ないよりマシだと思え」

それを言うなら、そもそも開発室で魚を料理させられるほうがおかしい。でもまあ、ないよりマシというのは確か……ということで、大地は白衣のボタンを上から下まできっちり留め、包丁を手に取った。

コンテストに優勝した先輩か、金物屋をやっている友だちなら、まずはこいつを研ぎ上げるところから始めるんだろうな、と思ったけれど、大地にそんなテクはない。過去に一度、包丁研ぎを覚えようとしたことはあったが、教えてくれようとした友だちの父親に『向いてない』と言われ、あっさり断念した。おかげで大地は包丁の切れ味が鈍るたびに、友人の金物屋に駆けつけている。

まあ、半分はその友だちに会いたくて行っているのだが……

閑話休題。

今から作る料理に見栄えは関係ない。大事なのは『旨くできるか』どうかなのだ。包丁の切れ具合が料理に与える影響はゼロじゃないが、今は無視していいだろう。

ということで、大地はトレイから魚のフィレを一枚取り、鍋に入る大きさにカットした。

「で、これ、なんて魚なんですか？　やっぱり珍しい魚なんですか？」

「いや、これはそんなに珍しいものじゃない。どこにでもいるオオクチバスだ」

オオクチバス？　と首を傾げている間に、佐藤が早速検索を始めた。清村の言うとおり、珍しい魚ではなかったらしく、あっという間に検索終了。そして佐藤は、絶望的な声を上げた。

「ブラックバスじゃないですか！」

「そうとも言う」

清村は、しれっとそんな返事をした。ブラックバスと言えば、あちこちの川や池、湖で在来魚を食べまくって絶滅の危機に追い込んでいる悪名高き外来種である。

もともとは食用として輸入されたのだが養殖業は軌道に乗らず頓挫。養殖池は放置されることになってしまった。ところが、ブラックバスは釣りの対象としてはとても面白いらしく、釣り人が身近な場所で釣りを楽しもうと生きたまま持ち帰り、近隣の池や湖に放すという事態が相次いだ。おかげであちこちでブラックバスが繁殖、在来生物は存亡の危機に陥ったそうだ。

今では法律によって、生体の運搬や飼育は禁止されたそうだが、法律ができる以前から飼っていたものについては規制六ヶ月以内に申請して許可が得られれば飼育可能とされたこともあり、抜け道が多いという非難の声もあるらしい。

いずれにしても、食用として輸入されたのに今現在食べられていないということは、それほど美味しいものではなかったのだろう。

それなのに、清村はさも自慢げに言う。

「ブラックバスを専門に釣ってる奴は多い。旨く食えるレシピがあれば、釣った奴がばかすか食うから、どんどん減って一石二鳥だ」

「清村さん、ネットとか確認しました？　あっちにもこっちにも旨くないって書いてありますよ」

「おまえこそ、ちゃんと見ろ。ガチで取り組んで食わせてるところもあるだろう？　なにより、ネットの評判を鵜呑(うの)みにするのは良くない」

一理ある。だが、一理しかない。

確かに、清村の言うとおり、ネットに根拠なき悪評が書き込まれることはある。特に飲食店に関しては、その店に恨みを持つ者が客足を落とそうとこぞって低評価を書き込むこともあるらしい。

だが、食材そのものについての評価は別だろう。とりわけ、駆除対象の魚をちゃんと食べて消費するという話なのだ。美談とされるならまだしも、私怨による情報操作は考えにくい。

いずれにしても、ネット上の評判は七、三で『不味い』が優勢。旨いと書かれていたのは、地域ぐるみで駆除に取り組み、地元のレストランで提供されたもののみだ。しかも、同じような取り組みをするレストランの数はいっこうに増えていない。結局のところ、ブラックバスを旨く食べるためには相当な技術と手数が必要ということなのだろう。

清村のネットの評判を鵜呑みにしないという姿勢は素晴らしい。だが、ブラックバスに限ってはそうした側面もちゃんと考慮してほしかった。

スマホをポケットに戻しつつ、佐藤が呟く。

「結局、この不味さは古い醬油のせいじゃないってことか……」

「古い醬油のせい『だけ』じゃない、ですよ。それにしても、よくこれを食おうと思いましたよね」

「いやあ……東南アジアじゃ普通に食われてるらしいし、高速道路のサービスエリアでも提供されてる。なにより、手に入れやすいじゃないか。自給自足はアウトドアの原則だ」

「でも、みんなが釣りをするとは限らないし、下手な人には釣れませんよ」

釣り人に人気があるのは、釣りにくくて釣ったときに達成感があるからではないか、という大地の意見に、清村は案外素直に頷いた。

「確かにこいつを送ってくれたのも、けっこうな釣り師だ。しかも、日本の生態系をかなり気にしてる奴で、あっちこっちに出かけてブラックバスを釣っては廃棄してる。多勢に無勢感は否めないが、とにかく頑張ってるんだ。で、この間ちょっと電話で話したとき、俺がアウトドア料理のレシピを考えてるって言ったら、こいつをなんとかできないか、って……」

単に絞めて捨てるのは心が痛む。もともと食用なのだから、いいレシピができれば釣って食べる人も増えるのではないか、と彼は言ったそうだ。

今回彼は近畿地方まで遠征してバス釣りに挑んだという。持って帰るのはかなり大変だったに違いない。よほどブラックバス問題に真剣に取り組んでいるのだろう、と清村は言う。

「あいつの熱意に、なんとか応えてやりたいと思ったんだよ」

「でも、それって、釣ってる本人ですら食ってないってことですよね？」

「捨ててしまえば終わるものを、わざわざ氷を買って詰めてきてくれた。本当に良い奴なんだよ。だからこそ、俺も真面目に頑張ってみるかって……」

そんな頑張りはいらん！　とはさすがに言えなかった。男子高出身の大地は、なにより男の友情に弱いのだ。命あるブラックバスをただ絞めて捨てたくない友だち、その友だちのために醤油の味もわからないぐらいの料理音痴なのに見知らぬ素材に挑んだ清村のためにも、目の前の魚をゴミ箱に直行させるわけにはいかなかった。

「ってことは、別に煮物じゃなくていいってことですね。それなら、ちょっといろいろやってみますか……」

呟くような大地の声に、清村はぱっと顔を輝かせ、佐藤はあからさまにほっとした顔をする。

「よかった……。少なくとも勝山なら、清村さんよりは旨いものが作れそうだ」

「『田沼スポーツ包丁部』活動開始だな！」

「活動開始って、活動するのは勝山だけみたいな気がしますけど」

「ほんっとに細かいな、おまえは。そんなことじゃ、大成しないぞ」

「大成しなくても構いません！」

ふたりがぬるい口喧嘩を続けている中、大地は魚の調理法を調べ始める。清村も佐藤も、自分が作る気などないのは明白、さっさと取りかかるのが得策だった。

スマホで主立った魚の調理法を検索したあと、大地は魚と調味料に目をやった。

手っ取り早さで言えば、塩焼きか煮付け、さもなければ味噌汁に入れるのが一番だ。けれど、そんなシンプルな調理法では、川魚特有の泥臭さは消せそうにない。フライにしてソースをたっぷりかけるか、バターソテーにするのが無難だが、小麦粉もパン粉もバターもここにはない。

清村はついさっき、醤油を買いに行ったばかりだし、課長クラスを何度も使いっぱしりにするのは気が引ける。やむなく大地は、白衣のボタンを外しつつ言った。

「足りないものがありますから、買いに行ってきます」

「たとえば？」

「小麦粉とパン粉とバターです」

「小麦粉はある」

「あるんですか？」

思わず大地はミニキッチンをきょろきょろ見回してしまった。冷蔵庫の中まで見たが、小麦粉らしきものはない。ところが清村は、そこじゃない、と言いながら、大地をキッチンではなく開発室そのもののロッカーのところに連れて行った。

「これだけあれば足りるだろう？」

ロッカーの中身を自慢げに見せられ、大地は唖然としてしまった。なぜならそこには、パン屋でも開くのかと思うような大袋の小麦粉が詰め込まれていたからだ。清村の説明によると、実験に使うつもりで買い込んだものらしい。

　食品会社でもあるまいし、アウトドア用品を開発する上で小麦粉が必要だとは思えない。いったい何の実験をするつもりだったんだ、と思っていると、清村はさらりと恐ろしいことを言った。

「せっかく広いグラウンドがあるんだから、粉塵爆発ってやつをやってみようと思ってな。だが、やる前にバレた」

　大量の小麦粉を買い込み、さてさて……と思ったときに、渋谷部長がやってきたそうだ。どう考えても、アウトドア用品開発に小麦粉は必要ない。いったい何をするつもりだ、と問い詰められ、やむなく真相を語ったら、しこたま叱られたそうだ。

　当然である。グラウンドとはいえ、会社で爆音など響かされた日には、テロ事件かなにかと勘違いされて警察は来るわ、消防は来るわの大騒ぎになってしまう。

　清村は頭を掻き掻き言う。

「いやーあれは失敗だった。この袋はなんだって聞かれたときに、ラインパウダーだとでも答えとくんだった。それなら、ああそうか、で済んだのに」

　反省するのがそこか、と大地は頭痛が起きそうになった。

ラインパウダーは炭酸カルシウムで作られていて、グラウンドに白線を引くために使うものだ。

グラウンドがあればラインパウダーを常備していても不思議はないが、それにしたってこんな量は必要ない。なにせ、二十五キロ入りとおぼしき大袋が三つもあるのだ。

「無理です。量が多すぎます」

「そうか？　まあいい。いずれにしても済んだことだ」

そう言うと清村は、何食わぬ顔で話を元に戻した。

「小麦粉はある。あとはパン粉とバターだったな。買ってくる」

「いや、でも、さっきも行ってもらったし……」

「気にするな。なんせ、言い出しっぺは俺だからな」

どうしよう……と思いながら佐藤を窺うと、彼はこっくり頷いて言う。

「これが『田沼スポーツ包丁部』の活動なら、一番の経験者は勝山だろ？　使いっぱしりは下っ端の仕事だよ」

「下っ端！　それを言うならおまえも同じだろ」

「俺はアウトドア料理ならそれなりにこなせます。本当のど素人は清村さんだけですよ」

「けっ、そうかよ！　まあいい、ちょっくら行ってくる」

そう言うと、清村は上機嫌で買い物に出かけていった。しかも、鼻歌まで歌いながらである。とことん下っ端扱いされたばかりなのに……と思っていると、佐藤が苦笑いしながら言う。

「あれ、絶対酒も買ってくるよ。もしかしたらつまみも」

「え⁉」

「だってもう終業時刻は過ぎてるし、ここは隔離病棟みたいなもんだから偉い人の目も届かない。唯一うろうろしそうな渋谷部長も今日は出張で留守。できた料理をあてに一杯、買ってきたつまみも加えて大宴会。勝山、俺たち日付が変わる前に帰れると思う？」

「勘弁してくださいよ……」

大地は、またしても『とほほ一直線』的心境に陥った。ロープワークを無事に習得して以来縁がなかった心境だが、清村と関わるようになってからやたらめったら味わわされている。人生、油断大敵だ、としか言いようがなかった。

これ、いつ終わるんだろう……

大地は呆れ返りながら、上機嫌で盃（さかずき）を、正確には紙コップを傾けている清村と佐藤を見ていた。

四苦八苦して料理した三匹のブラックバスは既に跡形もない。ソテーもフライも大好評のうちに、彼らの胃袋に消えていったのだ。特にフライのほうは、うっかり買い物袋の中に卵とピクルスの瓶詰めを見つけた大地が、調子に乗って即席タルタルソースまで作ってしまったために、清村と佐藤ばかりか若手の開発部員まで加わっての大争奪戦、最後は食べられなかった部員に文句まで言われてしまった。

卵はともかく、マヨネーズやピクルスがなければタルタルソースなんて作ろうとしなかったのに……と恨みたくなったが、佐藤によると、清村は大のピクルス好きだし、常々乾き物には七味マヨネーズと言い張っているらしい。彼に限って、マヨネーズやピクルスを買わずに帰ってくることはないとのことだから、あきらめるしかなかった。

とはいえ、作った料理が瞬く間になくなるのは料理人としては嬉しい。ソテーも好評だったし、大地としては大満足で本日の仕事を終えるつもりだったのだ。

ところが、酒豪清村が買い込んできた酒はちょっと呑んでなくなるほどの量ではなかった。

なんせ日本酒の一升瓶が一本と、ワインのフルボトルを赤白一本ずつに、缶ビールが一箱。それに対して呑み手のほうは、清村の部下五名と佐藤に大地である。大地は下戸だから当然カウント外で、七人で延々と呑み続けることになってしまった。その際、別に腐るものじゃないのだから残せばいいじゃないか、という大地と佐藤の意見など、まるっきり無視されたことは言うまでもない。

清村曰く、『開発部は宵越しの酒は持たねえ！』だそうだ。勘弁してくれよ、もここに極まれりだった。

　さらに悪いことに、ブラックバスが瞬殺されたあとの酒宴は、ろくなつまみがないままに続いていた。乾き物やスナックをあてに酒を呑み続ける連中を見るに忍びず、大地は近くのスーパーに走って材料を調達、熱々できたてのつまみを提供し続けることになった。

　ちくわを開いてチーズとハムを巻き込んで焼いたものや、茹で鶏の葱ソースがけ、余っていた小麦粉に豚肉とニラを放り込んだチヂミなど、いずれも簡単にできるものばかりだったが、普段からつまみといえば買ってきた総菜や乾き物だった開発部員たちは狂喜乱舞、宴会はどんどん盛り上がり、更なる酒の購入を呼んでしまったのである。

「いやー、すごい！　すごすぎる！　勝山、おまえはやっぱり開発部に来い！」

　清村のそんな台詞に、開発部員たちは拍手喝采。酔っ払った佐藤は、それまでの断固とした『勝山は営業部』という姿勢もどこへやら、俺も一緒に、なんて売り込み始める体たらく……。大地にしてみれば、あんたはもうとっくに開発部から駄目出しを食らってるだろう、の一語に尽きた。

そんな阿鼻叫喚の開発部宴会が終わりを告げたのは、やはり日付が変わったころだった。開発部員たちは、明日にでも片付けるから先に帰っていいぞ、と言ってくれたが、笊を通り越して枠だけの酒豪と噂される清村以外は、まともに立って動けない状態だった。

今から片付け始めたら、終電には間に合わない。それでも、唯一の素面かつ片付けが終わるまでが料理、と叩き込まれてきた大地としては、放置して帰ることはできず、大型ゴミ袋を手に使い捨ての皿やコップを集め始めた。

ふと見ると、清村も同じようにゴミ収集人と化していた。さすがに申し訳ないと思ったのだろう。

そこで大地はゴミの片付けは清村に任せ、使った調理器具を洗い、コンロの周りやゴミが撤去されたテーブルをせっせと拭き上げた。

「よし、原状回復完了」

原状回復どころか、元の状態よりずっときれいじゃねえか、と哀しい自己満足を得ながら部屋を見回していると、ゴミを捨てに行っていた清村が戻ってきた。

「すまなかったな、勝山」

「いえ、開発部っていつもこんな感じなんですか？」

「まさか。仕事の区切りがついて、打ち上げ代わりに軽く一杯やることはあっても、ここまでガチで宴会になったのは初めてだ。たぶん、おまえの料理が旨すぎたんだろうな」

「俺のせいですか？」

「そんな顔をするなよ。俺は文句を言ってるわけじゃない。むしろ感謝してるんだ。ブラックバスを料理してくれたことにも、そのあといろいろ作ってくれたことにも」

今までは、打ち上げという名目があっても乾杯ぐらいでさっさと帰っていく部員が多かった。ところが今日は、ほとんどの部員が最後まで残っている。おかげで久しぶりに部下たちといろいろ話ができた。近々、あいつらにも『包丁部』加入を勧めてみる、と清村は嬉しそうに語った。

「それはいいですけど、とりあえずみんな潰れてますよ。これからどうするんですか？」

「なあに、週末だ。しばらく寝て、醒めたら帰るだろう」

こいつら、泊まり込みには慣れてるしな、と清村は豪快に笑う。

「まあ、野宿ってわけじゃないし、エアコンも効いてます。風邪を引く心配もないかな……」

「とにかく、第一回『田沼スポーツ包丁部』の活動は大成功だ。勝手にサークルを立ち上げようなんて言ったが、正直、おまえの腕がここまでだなんて思ってもみなかったんだ。せいぜい親元を離れて初めて自炊する学生よりマシな程度だと……」

「期待値低すぎ……」

がっかりする大地を見て、盛大に笑ったあと、清村は急に真面目な顔になって言った。

「いずれにしても、やっぱり作りたての料理は旨いし、場を盛り上げる効果も絶大だ。殺風景な開発室ですらこれだけ楽しいんだから、自然の中でやって楽しいのは当然だな」

「この間のバーベキューも面白かったですもんね。あのときは日帰りだったけど、泊まり込みならもっと楽しかったかも」

「日常を離れて思いっきり盛り上がって、そのあと焚き火の前でしんみりってのはどうだ？」

「最高ですね」

「だろ？ってことで、『田沼スポーツ包丁部』第二回活動はキャンプ。次の三連休に実行だな！」

「えっ⁉」

「キャンプに行くとなると、細かい打ち合わせが必要になるな……。あ、そうだ！　おまえ今晩うちに泊めてやる」

「ええっ⁉」

「でもって、朝になったら場所やらなんやら相談しよう」

「ええええっ⁉」

「心配するな、佐藤も持ってく」

「えええっ⁉」

　どんどん増える『え』の数に、またしても大笑いしながら清村は、自分は徒歩圏ではないし、普段は車を使って通勤しているが、今日は呑んでしまったからタクシーを使うことにする、と言う。

　大地にしてみれば、問題はそこじゃない！　だった。

「いや、持ってくって……」

　連れてくじゃなくて？　と慌てて佐藤を探すと、彼は壁にもたれて爆睡中。確かにこれは、『連れてく』ではなく『持ってく』が相応しい状態だった。

「こいつは自転車で通える距離だが、この状態で自転車は無理だ。面倒だから持っていく」

　かくして佐藤は、大地と清村に両側から支えられ、タクシーに乗り込むことになった。きっと朝になっても、自分がどこにいるかも、なぜそこにいるのかもわからないに違いない。

　佐藤がここまで呑んだくれた姿は見たことがない。それほど俺の料理が旨かったのか？と思うと、にやにや笑いが止まらなくなる。

二十パーセントの喜びと、八十パーセントの戸惑いの中、大地は深夜のタクシーに揺られていた。

タクシーで十五分弱走ったあと、清村の家に到着したのは午前一時半になろうとしている時刻だった。

まあ入れ、と命令のように言われて通された客間には、ふたり分の布団が敷かれており、薄めのスウェットスーツまで添えてあった。

ビニール袋に入ったままだから新品に違いない。さすがに申し訳ないと思ったが、よく見ると『田沼スポーツ』というロゴが入っている。これはおそらくノベルティの余り物だな、と判断して、ありがたく使わせてもらうことにした。なにより、スーツやワイシャツは脱ぐにしても、下着のまま寝るにはいささか寒かった。

白河夜船の佐藤は、そのままもぞもぞと布団に潜り込もうとしている。慌てて着替えさせ、スーツその他をハンガーに掛けた。

俺はお母さんか！　と嘆きながらも、自分も着替え、布団に入ったとたん記憶が途絶えた。長すぎる一日、というか、長すぎるアフターファイブのおかげで精も根も尽き果てていた。

＊＊＊＊＊

翌朝、大地はどすどすという床を踏み抜きそうな足音で目を覚ました。

襖が勢いよく開けられ、清村がぬっと顔を出す。

「起きたか、勝山！」

「今、起きました……」

「そうか！　じゃあ飯にしよう！　腹が減ってるだろう？」

ちょっと待ってくれ、と言いたかった。

大地はたった今起きたばかりだし、起き抜けにわしわし飯が食えるタイプではない。清村がいつから起きているか知らないが、せめて着替えるなり、顔を洗うなりする時間がほしかった。

だが、清村はそんな大地の思惑など完全に無視で、佐藤の布団を引っぺがす。

「起きろ佐藤！　飯を食うぞ！」

「ふは？」

ふは、じゃねえだろ！　と大笑いしたあと、清村は着替えようとしている大地を止めた。

「そのままでいい。朝からスーツなんて面倒くさいことするな」

「でも……」

清村の家族構成は知らない。だが、連れてこられた家は一軒屋だったし、客間まである二階建ての家にひとりで住んでいるとは思えない。着いたときに寝具の用意がしてあったところを見ても、家族がいるに違いない。清村だけならともかく、寝乱れたスウェット姿では家族の方に失礼だろう。

ところが、清村に叩き起こされた佐藤は、そのままの姿で平然と客間から出て行こうとしている。

ほとんど意識がないまま連れてこられたにしては、勝手知ったる様子。もしかしたら、この家に来るのは初めてではないのかもしれない。おそらく『バラムツ騒動』のときも、この家に呼びつけられたのだろう。

「ほら、勝山。さっさと来い」

「あ、はい……」

やむなく着替えをパスして、清村のあとをついていく。着いた先は、朝日がたっぷり降り注ぐリビングダイニングキッチンだった。

キッチンは対面式で、カウンターの向こうから清村の妻らしき女性が声をかけてくる。

「おはよう。よく眠れたかしら？」

　どこかで見たような……と思っていると、佐藤がおもむろに頭を下げた。

「おはようございます、清村係長。お休みのところ申し訳ありません！」

「いいのよ。昨夜清村から開発室で宴会するって連絡があったから、こんなことになるんじゃないかと思ってたの。あなたたちこそ、ごめんなさいね。またこの人が無理やり引きずり込んだんでしょ？」

　そう言うと彼女は、気の毒そうに佐藤と大地を見た。真正面から顔を見た大地は、『あっ！』と声を上げそうになった。

「総務の……」

「そういうあなたは営業の勝山君よね？　今年の佐藤君の『ノルマ君』」

「ですから係長、ご夫婦揃って、その言い方は！」

「あら、ごめんなさい。ついこの人の言い方が移っちゃって」

　目で清村を示しながら、清村夫人はころころと笑う。その声も笑顔も、確かに会社で見た覚えがあった。

　このふたりが夫婦だなんて、まったく気付かなかった。同じ姓だというのに疑いもしなかったのは、ふたりがあまりにもかけ離れた印象だったからかもしれない。

総務課係長、清村沙也佳はかなりのムードメーカーだ。しかも、どうかすると周りを威圧しまくる清村課長とは正反対で、その場をぱっと明るくしてしまう名人なのだ。

総務課だけではなく、全社にわたって彼女を慕う者は多く、後輩の女性社員などは仕事のみならずプライベートの相談も持ち込んでいるらしい。沙也佳はそんな後輩たちに嫌な顔ひとつ見せずに応対しているそうで、彼女の人気は高まる一方だった。

「とりあえず、朝ご飯をどうぞ……って言っても、パンと飲み物ぐらいしかないけど」

そう言うと沙也佳は、飲み物はホットかアイスか、と訊ねた。

「えーっと、ホットで……」

ホットかアイスか選べるなんて、ホテルみたいじゃないか、と感心していると、沙也佳は小さな籠を手渡してきた。なにかと思えば、それは昨今大流行のカプセル式コーヒーメーカーのカートリッジだった。各種コーヒー、紅茶、抹茶ラテまであるから、確かに選び放題である。

「好きなのを選んでセットしてね。あ、もちろんおかわりは自由よ」

「係長、俺は冷たいのがいいです」

「はいはい、アイスがいい人は冷蔵庫。グラスはこれね。オレンジジュースもあるから、ビタミンをしっかり摂りなさい」

「ご配慮、痛み入ります」

二日酔いぎりぎりの感じなのだろう。佐藤は躊躇いなく冷蔵庫からオレンジジュースの瓶を取り出し、渡されたグラスに注いだ。

「あー……生き返る」

「良かったわね。パンも好きなのを食べてね。トーストしたければご自由に」

テーブルには食パン、ロールパン、クロワッサン……各種のパンが入った籠が出されている。オーブントースターの場所を示したあと、沙也佳は自分が選んだカフェラテ用のカプセルをコーヒーメーカーにセットした。

夫が部下を連れてきた場合、手料理でもてなすべきだと思い込む妻は多いらしい。料理が得意な人ならともかく、そうでない場合は半ばパニック、いきなりなんてひどい！　となんとかで夫婦喧嘩が勃発というのもよく聞く話だ。

ところが沙也佳は手料理なんてどこ吹く風、徹頭徹尾セルフサービスを貫くあたり、さすがとしか言いようがない。深夜に乱入した上に、焼き魚に玉子焼き、出汁(だし)から取った味噌汁におひたしなんて朝食を出されたら、申し訳なさに身が縮む。迷惑をかけたことに違いはないが、『あるものを適当に食べて』方式なら、少しは気が楽になる。

おそらく沙也佳も、日頃はもう少しきちんと朝食の準備をしているのだろう。それでもあえてこのスタイルを選ぶあたり、人気があるのも当然と頷ける人柄だった。

だが、せっかくの沙也佳の配慮を、清村自らぶちこわした。

「うーん、今朝はパンって気分じゃないな……」

「そう？　若い人は、パンがいいかなと思ったんだけど。じゃあ、あなたは和食にする？　確か、チンするご飯が……」

「そうだな。じゃあ、自分で作る。おまえたちの分も作ろうか？」

「えー⁉」

沙也佳は仰天、大地も驚愕、佐藤に至ってはくるりと踵を返して逃げ出そうとしたほどである。

昨日試食させられた『ブラックバス』はお世辞にも旨いとは言えない出来だった。なにより清村は、醬油の賞味期限を気にも留めず、味の劣化もわからないような人間なのだ。そんな人に『俺が作る』と言われたら、逃げ出したくなっても仕方がない。

その佐藤の襟首をむんずと摑んで、清村は不満そのものの顔で言った。

「なんなんだ、おまえらは！　作るって言っても飯をチンして、インスタント味噌汁に湯を入れるぐらいだ！　玉子焼きぐらいは付けてもいいが、それぐらい俺にだってできるはずだ。なにより、これからキャンプに行こうって言うのに、料理を勝山ひとりに任せるのは気の毒すぎるだろう」

「そうでした……」

佐藤が人差し指で頬をぽりぽり掻いた。

清村夫人の登場ですっかり忘れてしまっていたが、そもそも清村が大地たちを自宅に連れてきたのは、キャンプの相談をするためだ。そして、そのキャンプはどうやら二泊三日らしい。普通の神経なら、料理をひとりに押しつけるのはいかがなものか、となる。もしかしたら清村は普通の神経ではないのではないか、と疑っていただけに、大地は救われる思いだった。

けれど、やはり一晩泊めてもらった身としては、お礼代わりに朝食ぐらい、という気もする。それに、清村が作る玉子焼きには不安しかない。やむなく大地は、昨夜に引き続き料理役を買って出ることにした。

「えーっと課長……俺が作りましょうか？」

「よく言った！　さすが元『包丁部』。あとは任せた！」

「清村さん、さすがにそれはひどくないっすか」

佐藤は、気の毒そのものの目で大地を見てくる。

「勝山は昨日、清村さんの料理を食ってます。ええ、調味料の味が変わってても気付かない人の煮付けをね！　そんな人が『俺が作る』って言ったら、あわてて名乗りを上げるだろう、って魂胆でしょう！」

「え、別に俺はそんなつもりじゃ……」

そう言いつつ、にやにや笑っている清村を見て、沙也佳が窘めるように言った。

「あなたがどんなつもりだったにしても、お客様に料理をさせるなんてあんまりよ。レンチンご飯とインスタント味噌汁でいいじゃない。探せば、味付け海苔ぐらいはあるはずだし」

「俺は玉子焼きが食いたい。昨日勝山が焼いてくれた玉子焼き、極上だったんだ……醬油ベースで、ほんのり甘くて……」

「え、なにそれ、美味しそう！　私も食べたい！」

昨日の味方は今日の敵、という言葉があるが、昨日どころか、沙也佳はものの一分で敵に回ってしまった。とはいえ、玉子焼きぐらい大した手間ではない。ご飯を炊くには時間がかかるが、味噌汁ならすぐできる。ということで、大地は、四人分の朝食を作ることにした。

「この葱、使わせてもらっていいですか？」

冷蔵庫の野菜室を開けた大地は、そこにあった葱を見て沙也佳に訊ねた。しおれかけているから、使ってしまっても問題ないはずだとは思いつつも、やはり承諾は必要だろう。

「いちいち訊かなくていいわ。あるものなら何でも使って」

「わかりました。じゃあ、適当に拝借します」

葱の青い部分を細かく刻み、味を付けた溶き卵に混ぜ込む。

葱入りの玉子焼きは黄色と緑のコントラストが美しいし、なにより美味しい。余程の葱嫌いでない限り、ご飯と味噌汁にぴったりのおかずだった。

できれば野菜料理を一品付けたかったけれど、あいにく素材がなかった。もらい物の野菜がたくさんあったはずなのに、とは思ったが、あれから時間も経っているし、気前よく誰かにあげてしまったのかもしれない。

味噌汁の具に、辛うじて野菜室の片隅に残っていた白菜を使ったからよしとすべきだろう。あらかじめ胡麻（ごま）油で炒めたから、風味たっぷりの味噌汁になったはずだ。あとは人数分のご飯をレンジにかければ、四人分の朝食の完成だった。

「これが飯盒（はんごう）で炊いた飯ならなあ……」

清村が残念そうに呟いた。料理を丸投げしておいて、文句を言うなんてもっての外だが、気持ちはわからないでもない。近頃、レンジでチンするご飯はずいぶん味が良くなったが、直火で炊いた飯盒のご飯には敵いそうにもない。冷めていても深い味わいがある。うっすら焦げたご飯を味わえるのも、飯盒炊さんの醍醐味だった。

一方沙也佳は、正しく夫を窘める。

「なんて罰当たりなことを言うの。せっかく作ってくれたんだから勝山君に感謝しなさい」

「ごもっとも。すまなかった、勝山。それにしても、あの短時間でこれだけのものが作れるなんて、さすが『包丁部』だけある」

「今は課長だって『包丁部』の一員です。それに、これぐらいで『包丁部』を持ち出さないでください。玉子焼きと味噌汁なんて、学校の調理実習でもやるぐらいの料理なんですから」

「だってあれ、五人ぐらいの班で分業した上に、一時間ぐらいかかって作るじゃないか。今おまえ、十五分ぐらいで作っただろ？」

「そりゃそうですよ。朝飯作りに一時間もかかったら遅刻しまくりです」

憮然とする大地に、沙也佳はしきりに感心する。

「すごいわよねえ。ひとり暮らしで自炊、完璧じゃない。清村にも見習ってほしい、っていうより私も見習うべきかも」

見習う、見習わないは別にしても、冷蔵庫の中を見る限り、この夫婦がまともに料理をしているようには思えない。だがそれは、ふたりの忙しさを考えたら無理もないことなのだろう。

「この人は開発室にこもりっきりだし、私ひとりだとろくに作る気にもならない。結局、料理はいつも間に合わせになっちゃうのよ。あ、でもアウトドアならやる気になるかも。それならふたりでやれそうだし」

「そっか……子どもの経験値上げだけじゃなくて、そういう需要もあるのかも」

大地はなんだかすごく納得してしまった。

日頃忙しい夫婦が、休みの日にキャンプに出かけ、ふたりで料理をする。それはなかなかほほえましい情景だ。日常から離れ、一緒に料理をすることで絆が深まる夫婦もいるだろう。

「やっぱり。自分でお料理ができるって素敵よね。まさに働かざる者食うべからず」

「いやそれ、勝山以外全員……」

絶妙のタイミングで入れられた佐藤の突っ込みに、沙也佳は一瞬口ごもり、続いて派手な笑い声を上げた。

「ほんとね。やっぱりみんなで分担すべきよね」

「そうですよ。特に、キャンプとなったら料理は全部勝山に押しつけるわけにはいきません」

「それ、さっきも言ってたけど、あなたたちでキャンプに行くの？」

「そうなんですよ」

聞いてくださいい、係長！と佐藤は窮状を訴える。あわよくば強制連行を止めてほしいという気持ちからだろうが、そうは問屋が卸さなかった。これまでの成り行きを聞いた沙也佳は、夫を窘めるどころか身を乗り出したのだ。

「二泊三日のキャンプ！しかも勝山君も行くなら、美味しいお料理がいっぱい食べられるんじゃない？それ、私も行っちゃ駄目？」

「マジですか……」

がっくり頭を垂れた佐藤と裏腹に、清村は大喜びだ。

「それはいいな。ひとりで毎週毎週出かけちまうのは、少々気が咎めてたんだ。一緒に来てくれるなら、心配ない」

「あら、そんなこと気にしてたの？キャンプに行かなくたって、仕事に行っちゃうんだから同じじゃない。それに、最近、キャンプに興味を持つ女性が増えてきてるんですって。リュックにテントやらクッカーやら詰め込んで、どこにでも行っちゃうらしいわよ」

「もういっそ、沙也佳も『田沼スポーツ包丁部』に入ったらどうだ？　そしたらずっと勝山の料理が食えるぞ」

清村の提案に、沙也佳はすごい勢いで食いついた。

「いいの⁉」

沙也佳は期待たっぷりの目で大地を見ている。決定権は夫ではなく大地にあるとでも思っているのだろう。少女漫画のようなきらきらの目で見られて、駄目ですなんて言えるわけがない。

立ち上げたばかりのサークルなのだから、メンバーはひとりでも多いほうがいい。弱小部の悲哀は高校時代だけで十分だった。

「是非」

「うわー、嬉しい！　そりゃそうよね。私だって『田沼スポーツ』の一員だもの。包丁部に入って悪いわけがないわ。それに、男ばっかりより、若い女性が入ったほうが華やかだし。私がいれば、他の女性従業員も入りやすくなるわよね！」

若い女性……？　と首を傾げた清村を一睨（ひとにら）みし、沙也佳は大地に訊ねた。

「足はうちの車を使いましょう。最寄りの駅でピックアップってことでいいわよね？」

「いいんですか？」

「四人なら車のほうが断然交通費も安いし、滞在時間が延びれば怪我や病気の心配も出てくるわ。緊急事態が起こっても車があれば安心じゃない？」

「確かに……」

「ってことで、足は車。必要なものはうちで用意しておくから、おまえらは着替えだけ持ってくればいい……って、何が必要なんだ？」

テントや寝袋はいくらでも用意できるが、食材になると見当がつかない、と清村は言う。大地に言わせれば、それより先に決めるべきことがあった。

「それは場所次第です。バーベキューだけのデイキャンプなら、行き当たりばったりでもなんとかなるでしょうけど、さすがに泊まりとなるとちゃんと決めておかないと……」

「おう、そうだったな。この前のところでもいいんだが、せっかくだから違う場所にするか」

そこで清村が首都圏近郊のキャンプ場マップを取り出し、行き先を検討、四人が出かけるのは、神奈川県にあるキャンプ場と決まった。テントサイドまで車が乗り入れられ、都心から二時間かからない距離なのに近くに川が流れていて自然が満喫できるというのが決め手だった。

そんな好条件のキャンプ場なら予約で一杯なのではないか、と大地は心配になった。だが、清村によるとかなり穴場のキャンプ場だし、秋冬はオフシーズンだから大丈夫だろうとのこと。実際にウェブページを見てみると、あっさり予約できてしまった。

「近くに相模湖（さがみこ）があるから釣りもできる。上手くすれば釣った魚で晩飯ってことも可能だ。いや、楽しみだな！」

清村は晩飯のおかずは任せとけと胸を叩く。だが、大地の不安は募る一方だ。佐藤があれだけ大騒ぎをしたのだから、清村の釣果があてにできないのはもちろん、二泊三日分の食事を用意した経験はない。

みんなはそれぞれ手伝うと言ってくれたが、彼らの腕前は推して知るべし。彼らの作業をいちいちチェックしつつ、まともな食事が作れるだろうか。

しかも、車もあることだし、買い物は任せておけと清村は言うが、当てずっぽうに食材を買い込まれても困惑するだけだ。むしろ、献立を作り上げ、食材の調達についてはこちらからオーダーを出すべきだろう。

大地自身、いろいろなことに引っ張り込まれやすい性格だと自覚している。それでも、ここまで見事な巻き込まれ方は記憶にない。乗りかかった船という言葉があるが、この船の船長はあまりにも破天荒で、うっかりすると沈没、あるいは座礁しかねない。自己防衛は必須、ということで、大地は仕事の合間を縫って、キャンプの献立を作り始めた。

第四話

持つべきものは……

久しぶりだな……

キャンプに行くことが決まった翌週の土曜日、商店街のある駅に降り立った大地は、通りを見渡して感慨にふける。

実は大地は、高校二年生の秋、ほとんど毎日のようにこの駅に降り、友人の家族が営む金物屋に通っていた。

金森悟（かなもりさとる）というその友人は、頭も性格もとんでもなく高偏差値で、付いたあだ名が『キングオブいい人』、大地との付き合いは幼稚園時代に端を発している。もっとも、大地自身は高校で再会して指摘されるまで、金森と幼稚園で出会っていたことに気付かなかったけれど……

ともあれ、金森の実家が営む『金森堂』は、大地たちが高校二年の秋に経営悪化によって人員削減を迫られ、やむなく金森が店番をすることになった。その際、助っ人（すけと）を申し出たのが大地を始めとする『包丁部』のメンバーだった。

　それによって大地と金森の交友は深まり、大学進学後も時折大地が『金森堂』を訪れることで、関係を保ってきた。だがさすがに就職後は大地自身が忙しく、しばらくこの町を訪れていなかった。

　金森は大学を優秀すぎる成績で卒業したあと、迷いもなく『金森堂』に就職し、現在『金森堂』の改革に挑んでいる最中だと聞いた。

　昭和の匂いがぷんぷんしていた金物屋が、最先端の経営学とマーケティング知識でどんなふうに変えられたのか、また、それによって客足はどれぐらい増えたのか。

　大地は興味津々で、旧友が営む店に向けて歩き出した。


　わ、すごい……なんかお洒落だ。

『金森堂』を改装するという話は聞いていた。実際に会うことこそ少なくなったが、SNSを使った近況報告に怠りはない。確か八月ごろ、店を三日休んで突貫工事で改装すると言っていた。

　その際、コンセプトはなに？　と冗談交じりに聞いたところ、『ネオモダン』という言葉が返ってきた。大地にしてみれば、なんじゃそりゃ……でしかなかったが、実際に見ればわかるだろうと考え、あえて問い返しはしなかった。だが今、実物を前にしても、大地には、なるほどこれぞ『ネオモダン』と頷くことはできなかった。もともと『ネオモダン』がなんたるかをわかっていないのだから当然である。

ただわかるのは、新しくなった『金森堂』からは昭和の匂いはほとんどしない。それどころか、平成ですら怪しいものだ。だが、平成という年号自体が過去のものになりつつある今、案外それでいいのかもしれない。

以前の古めかしい木枠のドアは黒塗りのアルミ製に変わり、ドアから窺う限り、商品そのものの並べ方も以前とはまったく違っている。

包丁ひとつとっても、『関の孫六』のように実用本位のものと、いかにも若い客が好みそうなお洒落なデザインのものがある。しかも陳列は商品のカテゴリーではなく、使用目的やデザインによって分けられているようだ。

なるほど……お洒落なキッチンにしたい奥様はこちら、プロの料理人はあちらってことか。しかもモノトーンとパステルカラーに分けてあるから、エリアごとに雰囲気が違って楽しいな……

感心しながら店に入った大地は、旧友の姿を見つけ、いつものように声をかけた。

「かつなもり――！」

『ザ・昭和の遺物』と呼びたくなるようなレジは影も形もない。それどころか、店番の合間に交替で宿題を片付けた木製のカウンターすらなかった。代わりにあったのは、これまたお洒落なモノトーンのカウンター、緩やかに描くカーブがまるで金森の性格のようだった。

「あ、勝山君！」

金森の反応は、学生時代とまったく同じだ。店に入ってきた大地を見つけるたびに、彼はこんなふうに懐かしそうな眼差しを向けてくれる。十中八九、何も買わない客だとわかっていても、嫌な顔ひとつ見せたことはなかった。それは相手が金森の友人、知人でなかったとしても変わらない。

金森が店に入ったあと、それまで主力だった彼の父親は引退気味だと聞いた。日中は出歩いていることも多く、店番はもっぱら金森に任されているそうだ。閉店の危機が囁かれた『金森堂』だったが、近頃は少しずつ客足が戻りつつあるという。おそらく一因は、どちらかと言えば職人気質（かたぎ）、難しい顔で店に立っていた父親から、この柔らかい笑顔の金森に代わったことにあるのだろう。

「久しぶり。なんかここ、ずいぶん感じが変わったなあ」

「でしょ？　これが『ネオモダン』だよ」

「……ちっともわからん」

「相変わらずだなあ、勝山君」

「相変わらず走り回ってるよ」

「あはは、そりゃ大変。で、キャンプ用品は売れてるの？」

「あんまり。おかげで、とんでもないことになった」

「どういうこと？」

　そこで大地は、『田沼スポーツ包丁部』が立ち上げられたことについて金森に話し始めた。

「『田沼スポーツ包丁部』！　それはまた……」

　金森は言葉を失った。当然だ。高校時代の部活で使っていた名称が、そのまま会社のサークル名に使われたなんて話は聞いたことがない。しばらく言葉を探したあと、ようやく……といった感じで彼は口を開いた。

「それはなんとも意外な展開だねえ……」

「意外すぎてついていけないよ。しかもこれ、俺の意思はほとんど関係ない……」

「でも、元を辿れば勝山君がバーベキューに誘ったからじゃないの？」

「う……そこを突かれると辛い。でも、開発の課長があそこまでノリノリで泊まりがけのキャンプに行こうとまで言い出すとは思わなかったんだ。でもって俺は俺で、行きません、とも言えず……。だって相手は部署が違うとはいえ、同じ会社の課長と係長の夫婦なんだぜ」

同じ課の先輩はすっかりあきらめモードだったし、とため息をつく大地を、金森はものすごく優しい目で見た。

「いいじゃない。幽霊部員だった俺ですら『包丁部』には楽しい思い出しかない。それが社会人になってから復活するなんてラッキーだよ。それに、不本意すぎる流れに巻き込まれて、それでも一生懸命やっちゃう。でもって、それなりに楽しんじゃうのが勝山君。本当に相変わらず……」

そういうとこ、全然嫌いじゃないよ、直球で言われ、大地は照れてしまった。

「お、おう……。でも、これはマジで頭が痛い。そもそも二泊三日も何を食えばいいんだよ」

「あー……それか。確かに献立は大変そうだね。たぶん、そのキャンプで作った料理をもとに商品にくっつけるレシピ集を作ったりしかねない」

「もちろん狙いはそこ。だからこそ、超大変なんだ」

カレー、バーベキュー、豚汁ぐらいまでは思い付いた。でもそれでは全然足りない。仲間同士、お楽しみ目的のキャンプであれば、大量に作ったカレーや豚汁を延々と食べ続けてもいいが、清村がそれで満足するわけがない。それに、どうせならアウトドアならではの料理を作ってみたい気持ちもあった。

屋外でも簡単に作れて旨い。そんな料理をひとりでそうそう思いつけるわけがない。三人よれば文殊(もんじゅ)の知恵ではないが、『キングオブいい人』かつ博識な金森であれば、きっといいレシピを考え出してくれると信じての訪問である。だが、期待たっぷりの大地に、金森は困ったように言う。

「そういうのって、俺より先輩たちのほうがよく知ってるんじゃない？」

「わかってるけどさ……」

料理コンテストで優勝、学生時代ずっと喫茶店でアルバイトをした挙げ句、有名料理店に就職した人もいるし、冷凍食品会社に入った人もいる。その人は大地を『包丁部』に誘ってくれた先輩だし、高校時代は雑学博士と呼ばれるほどだった。後輩の中には妙に世界各国の料理に詳しい男も、パン屋の跡取りだっていた。

けれど、大地にとって、困ったとき一番に相談したくなるのはやはり金森だ。まず金森、それで目鼻を付けて先輩や後輩、それが大地のいつものルートだった。

「……ってことで、金森。助けてくれい！」

「と言われてもねえ……。俺もキャンプをしたことがないとは言わないけど、やっぱりカレーかバーベキュー、あとは缶詰を持っていって温めたぐらいだからねえ」

温めた缶詰というのはあれでけっこう旨いんだよ、冷や飯の上にぶっかけたりしてさ、なんて金森はにんまり笑う。きっと、子どものころ食べた缶詰の味を思い出しているのだろう。

「缶詰なあ……。まあ、旨いのは認めるけど、レシピに載っけるには……」

「なにもそれだけとは言ってないよ。それもあり、ってだけ。キャンプをすると夜中まで騒いでたりして、朝起きてみたら腹ぺこってことがなかった？」

「あー……あったな。腹の虫がグーグー言ってるのに飯盒炊さん。いったいいつ食えるんだ！　って泣きそうになった」

「そういうときのために、手間がかからない食事も必要だと思うんだよね。さすがにキャンプ場でご飯や味噌汁をチンするわけにはいかないけど、缶詰なら直火にかけられるし、すぐに温まる。それに万が一使い残しても平気」

使い残し？　と怪訝な顔になった大地に、金森はケラケラと笑った。

「さっきの話だと、開発部の課長さんは、釣った魚を晩飯のおかずにする気なんだろ？

ちゃんと釣れれば問題ないけど、釣れなかったら悲惨じゃないか。かといって、釣れない前提で食材を用意するっていうのも失礼だろ？」

「失礼っていうか……暴れ出す、あるいはへこむ。どっちにしても面倒なことこの上ない」

「でしょ？　ってことで、缶詰をいくつか荷物に忍ばせていくことをお勧めするよ」

焼き鳥やサンマの蒲焼きの缶詰はご飯にぴったりだし、オイルサーディンを直火で温めると酒の肴（さかな）にうってつけだ。二泊三日の間に天気が崩れる可能性もある。天候によっては釣りはできない、さらに火が熾せないことだってあるかもしれないが、それでも缶詰なら問題なし、と金森の缶詰賛歌は止まらない。『金森堂』は金物屋だとは知っていたが、その金物には缶詰の缶も入っているのか、と大地は可笑（おか）しくなってしまった。

「あとね、トマトジュースも持っていくといいよ」

「二日酔い対策？」

普通なら、キャンプで鯨飲（げいいん）するとは思えない。だが、音頭を取っているのが清村なのだ。絶対、車のトランクにビールの一ダースや二ダースは突っ込んでいく。もしかしたら、ビールに留まらず、ウイスキーや日本酒も持ってくるかもしれない。そうなった場合、付き合わされた佐藤は先週同様、二日酔い寸前になる可能性は否めなかった。

けれど、トマトジュースは好き嫌いが分かれる飲み物だ。それならいっそレトルトのシジミでも持っていったほうがいいような気がする。シジミの味噌汁はトマトジュースよりずっと日本人の二日酔いに効きそうだった。

ところが金森は、大地の意見をあっさり否定した。

「二日酔い対策じゃないよ。もちろん、それに使ったっていいんだけど、メインは料理。トマトジュースに粉末のコンソメを入れるだけでスープになるし、煮詰めればパスタソース。野菜を煮込んでチーズを載せればグラタンにもなる。一本持ってくと、料理の幅が広がるよ」

「トマト煮か……あれって変に酸っぱいよな」

ケチャップは嫌いじゃないのに、あのトマト煮ってやつはどうも好きになれない、と言う大地に、金森は大いに笑った。

「使ってるのがトマトなんだから、酸っぱいのは仕方ないでしょ。そういや勝山君、山菜とか鮎とかほろ苦いのも好きじゃなかったよね。お子様舌なんじゃない？」

「どうせ、お子様だよ！　あ、もしかして下戸なのもその舌のせい……」

「関係ありません。下戸か上戸かは、アルコール分解酵素の量次第だよ」

「そっか……。いや、そんな話をしに来たんじゃない」

「ごめん、そうだったね。ていうか……俺は、献立なんて適当でいいんじゃないかと思うんだよね」

きっちり献立を作り、レシピどおりに持っていくよりも、適当に買い込んだ食材で何ができるか相談しながら作ったほうがいいのでは、と金森は言う。

「あり合わせでなにか作るって『包丁部』の得意技だったじゃない。そのほうがずっと楽しいと思うけどなあ……」

「でも二泊三日だぜ？　行き当たりばったりには長すぎるだろ」

「潰しが利くものを持っていけばいいよ。『田沼スポーツ』なら、高性能なクーラーボックスとかもあるだろ？」

「ある。保冷日数五日とか六日とかいうすごいやつ」

「六日！　それなら鶏肉や豚肉を塊で持っていけるし、ハムとかウインナー、チーズもOK。あとは人参、玉葱、ジャガイモ、キャベツにキュウリ？　それぐらいあればたいていのものは作れる。あ、でも、魚料理だけはレシピをちゃんと調べていったほうがいいな。勝山君もあんまり作ったことないよね？」

「確かにないな」

「だろ？　肉や野菜は適当にどうにでもなるから、重点的に魚料理を調べていきなよ。調味料もちゃんと対策して」

そこで金森は、ふと思い出したように訊ねた。

「そういえば、釣った魚を食べるならどうしたって捌かなきゃならないはずだけど、そっちは大丈夫なの？」

「あーそれな……」

開発部のミニキッチンで料理をしたときは、既にフィレの状態になっていた。けれど、その場で釣ったとなれば自分で捌くしかない。なんせ魚を捌いた経験は皆無、普通の台所ならまだしも、いろいろ不備の多いアウトドアでは結果は火を見るより明らか、練習は必須だった。

「しょうがない……キャンプまでに魚を捌く練習をするよ。ついでに調理方法も調べて、どれならいけそうか考える」

「相模湖って、何が釣れるんだっけ？」

「そっか。一口に魚といっても、いろいろ種類があるよな」

どんな魚が釣れるかわからなければ、調理法も調べられない。まずはそこから、ということで、大地は相模湖で釣れる魚を検索し始めた。

「えーっと、ワカサギにマス、コイにフナ、ヘラ……げ、ブラックバス！　またおまえか

「――！」

思わず声を上げた大地に、金森が気の毒そうに言った。

「ご愁傷様。ブラックバスはすごく釣れるみたいだよ。やっぱり増えてるんだろうね」

「あれが釣れちゃったら、やっぱり食うってことになるんだろうなあ」

「いいじゃない。旨かったんだろ？」

ブラックバスのソテーやフライは、瞬く間に部員たちの口の中に消えていった。多少泥臭いなとは思ったが、揚げたて熱々とビールの連係プレーで気にする者はいなかった。同じように料理すれば、清村たちはまた嬉しそうに平らげることだろう。

「食べてくれるのはわかってるけど、ブラックバスを捌くのってけっこう難しいらしいんだ。下手すると内臓の匂いが全部身に移っちまう。たぶん俺には無理だ」

「そのために練習するんじゃないの？」

「ブラックバスの捌き方を？　無理ゲーすぎだ」

どうやって手に入れるんだよ、と苦笑いで応えると、金森はまたにやりと笑った。

「なんとかできなくもないよ」

「え、釣りが趣味の知り合いでもいるのか？」

まさかと思った問いに、金森はこっくり頷いた。大地は息を呑んだ。

「マジ⁉　その人と連絡は取れる？」

「携帯で一発。ってか、うちの親父。今日も朝から友だちと連れだって出かけた」

「親父さん……？」

いつの間にそんな趣味を？　と首を傾げていると、金森が経緯を説明してくれた。

大地たちが高校生だったころ、『金森堂』の主は釣りなんてやっていなかったはずだ。

「うちに包丁を買いに来る人の中には、釣りをする人も混じってるんだ。家族に、魚を釣ってくるなら捌くところまでやって、とか言われて、自分で捌こうとしたら包丁が切れない。そもそも魚を捌くための包丁がない、ってことでうちに来る。うちの親父も暇だから、そういうお客さんと話してるうちに、自分も釣りをやってみたくなったらしい」

老後の趣味として、釣りは悪いものではないし、釣り仲間も何人かできた。店をほったらかして釣りに行ってしまうのは難点だが、それも毎日のことではない。本人は楽しそうだし、自分も店を任せられてやり甲斐が出てきた、と金森は嬉しそう、かつはにかんだような笑顔で語った。

「ひとりで知らない海や川に出かけられると心配だけど、詳しい仲間に連れてってもらうから安心なんだ。ってことで、目下親父は釣りの真っ最中。確か今日は相模湖に行ってるはず」

「ラッキーすぎる。日頃のおこないの成果だな！」

「それはどうだろ？　ま、とにかく親父は今、相模湖に釣りに行ってる。ブラックバスもいるし、なんなら、他の魚についてもなんとかしてくれるように頼んでみようか？」

「金森────‼」

大地は、喜びのあまり金森に抱きついてしまった。いきなりのヘビーハグを、はいはい、わかったわかった、なんてかわしつつ、金森はスマホを操作し始めた。

釣りに夢中だと電話に出てくれない可能性もある。その場合はメッセージを送るけど返事は遅れるかもしれない、と金森は心配した。だが、タイミングが良かったのか、金森の父親は一発で電話に出てくれ、大地の調理実習についてはあっさり了承された。

「ありがとう、金森！」

「どういたしまして。これで魚の調達は問題なし。帰ってくるのは夕方だから、それまでどこかで時間を潰してくる？」

帰ってきたら連絡するよ、と金森は言ってくれた。けれど、その表情にどこか寂しげなものを見つけ、大地はきっぱり断った。

「いや、もう二時過ぎだし、夕方っていってもせいぜいあと二、三時間のことだろ？　出直すのも面倒だし、ここで待たせてもらっていいかな？」

もちろん店番は手伝うし、邪魔じゃなければ、だけど、という大地の言葉に、『キングオブいい人』は心底嬉しそうに笑った。

「やった！　じゃあさ、親父が帰ってきたら、うちの台所でやってみようよ」

『金森堂』は店舗併用住宅だ。家族は毎日ここで暮らしているのだから、台所だってある。ひとり暮らしの大地と違って、魚を捌くための道具も揃っているし、どうせならここで練習していったらどうだ、と金森は言ってくれた。

「え、でも店は……」

「親父に押しつけちゃえばいいよ。どうせ閉店まで二時間か三時間ぐらいだよ。朝からずっと店をほったらかして遊んでたんだから、それぐらいやってくれたっていい。それでも駄目って言ったら、その時点で店を閉めちゃう」

友だちが訪ねてきてくれたときぐらい融通を利かせられなくて、なんのための自営業だ、と金森は胸を叩く。

「ありがたいとしか言いようがないけど、それで大丈夫なのか？」

「平気平気。『包丁部』と聞いたら放ってはおけないよ。それに、これだけ話を聞いたら、どんな味なのかも気になるじゃないか」

「でも……鱗が飛んだり、臭いが取れなかったりで、台所が瀕死の重傷を負う可能性も……。おふくろさんが激怒するんじゃないか？」

飛び散る鱗、魚の内臓の臭いを思い浮かべてげんなりしながら口にした言葉にも、金森は笑って取り合わない。

「それは大丈夫。親父だってしょっちゅう魚を持って帰ってくるし、お袋だって慣れてるよ」

「なるほど……。じゃあ、お言葉に甘えることにするよ」

「でもって、それが終わったら『桂花飯店』にでも行かない？」

「それはいいな！」

『桂花飯店』は『金森堂』から数軒先にある中国料理店である。麻婆豆腐は、程よくピリ辛でご飯が進むし、小籠包や餃子は肉汁たっぷりで箸が止まらなくなる。嫌みのないすっきりとした甘さの杏仁豆腐は、もともと杏仁豆腐が苦手な大地ですら何度もリピートしてしまうデザートだった。

気の重い調理実習も、あとでお気に入りの店に行けると思えば耐えられる。

「獲れたての魚をちょっとつまんだあと、極上中国料理。最高だな」

「なんなら『包丁部の』、っていっても末那高のだけど、後輩たちも呼ぼうか？　しばらく会ってないだろ？　それにあいつらなら、わちゃわちゃやってるうちにアウトドア料理のアイデアも出してくれるかも」

「うーん……でも、あいつらが出してくるのは、一か八かのとんでもないアイデアばっかりみたいな気がする。しかも悪のり上等で大騒ぎ、収拾がつかなくなりそうだ。久しぶりに顔を見たい気もするけど、今日のところはやめとこう」

「そっか。じゃあ、もしも事がうまく運んで、アウトドア体験会とかをやることになったら、そのときは呼び出してキャンプ道具一式売りつけちゃおう」

「お、それいいな！　冴えてるなあ、金森」

次から次へと良いアイデア、しかも失敗を仮定してそれすら成功に変えてしまうようなものばかりが繰り出される。

まさに、持つべきものは友、『キングオブいい人』は家族まで含めてちっとも変わっていなかった。

来ない客を待ちながら歓談しているうちに……と言いたいところだったが、実際には客は途切れなく訪れ、のんびり話している時間はなかった。こうなってくると大地が『金森堂』に到着し、諸般の事情について話す間に客が来なかったのは、奇跡のように思えてくる。

金森が目論んだ『ネオモダン』が当たったのか、単にこの近隣で偶発的に金物需要が高まったのかは定かではないが、いずれにしても商売繁盛はけっこうなことだった。

待ち人が戻ってきたのは、金森の予想より若干遅く、午後六時になろうとしている時刻だった。

店の前に車が止まったな、と思ったら、金森の父親が降りてきて、運転手がトランクから出した釣り竿やクーラーボックスを受け取っている。店の前は駐車禁止だから車はそのまま走り去り、金森の父親がのっそり店に入ってきた。

「お帰り」

「おう、ただいま。すまなかったな、店を任せきりで」

「いつものことじゃないか。勝山君がいると思って、殊勝なふりしないでよ」

「嫌みなことを言うなよ」

口では文句めいたことを言いながらも、金森の目は笑っている。もうすっかり父親のことはあきらめているようだし、実質的には代替わりしたようなものなのだろう。『金森堂』を新たな方向に押し出すためには、そのほうがやりやすいに違いない。

親子のやりとりが一段落するのを待って、大地は金森の父親に挨拶をした。

「こんにちは、ご無沙汰してます」

「久しぶりだな、勝山君。就職したから忙しいのはわかるけど、もうちょっとこいつに顔を見せてやってくれよ」

息子には知人友人は多いが、商売をやっていると休みが合わなくてなかなか顔を合わす機会がない。大地のように会いに来てくれる友だちは貴重だし、それだけに姿が見えないと寂しがって仕方がない、と金森の父親は笑った。普通なら、こんなふうに言われれば照れたり恥ずかしがったりするだろうが、金森はいかにも彼らしくあっさり肯定する。

「ほんとだよ。休みの日にちょっと顔を出してくれるだけでも嬉しいのに」

「でも、金森の顔を見るとつい会社の愚痴とか言っちゃいそうでさ。それって聞くほうには辛いんじゃないかなーって」

会うたびに愚痴なんてまったくイケてない、と自嘲する大地を、金森の父親は豪快に笑い飛ばした。

「いいじゃないか。愚痴上等だよ。こいつは普通の会社ってものを知らないから勉強にもなる。愚痴なり泣き言なり、盛大に聞かせてやってくれ」

「そうだよ。竹馬の友の嘆きなら、なんでも聞くし、相談に乗れることは乗るよ」

「そういうことばっかり言ってるから、とんでもない相談を持ち込まれるんだぞ……って、俺が言うことじゃなかったな。とにかく、親父さんにまでご面倒をおかけして申し訳ありません」

そう言いつつ、大地は金森の父親が肩から提げているクーラーボックスに目を走らせた。あの中には、いったいどんな魚が入っているのだろう。俺の手に負えるだろうか……

大地の視線を感じ取ったのか、金森の父親は肩からクーラーボックスを下ろし、金森に渡した。

「ほら、これが本日の釣果。そんなに難しそうなものは入ってないはずだ」

「サンキュ、親父。わあ……けっこう重いじゃん」

「嫌みか？　いつもよりは重いが、大漁というほどのことはないぞ」

金森が、あはは！　と大きく笑った。なんでも、釣りを始めたばかりの父親は、なかなか釣果を上げられず、女性や子どもでも簡単に釣れるというワカサギや、リリースすべきかどうか迷うぐらいの大きさの外道しか釣ったことがないという。だから、クーラーボックスはいつもすかすかで、今度こそ釣ってやる！　と吠えながら帰宅するのが常らしい。

金森が『重い』と言ったのは、その状態に比べてだろうから、嫌みか？　と返したくなるのも無理はないだろう。

金森の父親は笑いこけている息子を押しのけ、クーラーボックスを開けて大地に中身を見せてくれた。

「ほら、これがワカサギ。そろそろハイシーズンだから、これだけは俺でも釣れた」

「あ、本当だ。でも、これだけは、って？」

　ワカサギは中ぐらいのビニール袋に半分ぐらい、数にすると十二、三匹はありそうだ。だが、クーラーボックスにはその他にも何種類かの魚が入っている。父親によると、彼の釣り友だちが分けてくれたものらしい。

「息子の友だちが魚料理の練習をしたがってるって話したら、面白がって多種目釣り大会が始まっちまったんだ」

　金森の父親も竿を替え、餌を替え、いろいろな魚を釣り上げようと頑張ってくれたそうだ。それでもいかんせん経験が乏しく、釣れたのはワカサギだけ。それに対して、釣り友だちは実に様々な種類の魚を釣り上げた。そして最後に、一種類につき一匹ずつ、金森の父親に渡してくれたそうだ。

「これがニジマス、こっちがバス。で、ギルにハス、ヤマメにコイ。ヘラブナもあるぞ」

「すごい……。でも、すみません。俺が無理を言ったばっかりにお仲間にまで……」

「なんのなんの。実はみんな、けっこうノリノリだったんだ。面白がって、釣り場もどんどん移してなあ……。さすがにこれだけの種類を一度に釣ったことはない、いつもはもっぱらバス狙いだが、たまにはこういうのもいいな、って喜んでくれた」

て応えた。

「ならいいんですが……」

深々と頭を下げた大地に、金森の父親は、気にするなと言わんばかりに手を左右に振っ

そして、着替えたら店番を代わるから、そのあとは魚を料理するなり、飯を食いに行くなりしてくれ、と言い置き、彼は二階に続く階段を上がっていった。

「あ、すごい。ブラックバスは内臓を抜いてあるし、皮まで剝いでくれてあるよ。やっぱり普段から釣ってる人たちだけあって、臭いのを知ってたんだね」

よく野外でここまでできたよね、と金森は感心している。

ブラックバスは手に負えないのが明白だからいいが、他の魚もその状態では捌く練習ができない、と心配しながら覗き込むと、ブラックバス以外の魚は釣り上げただけの姿。これなら三枚下ろしの練習もちゃんとできそうだ。

「こうやって見ると、ブラックバスもけっこう旨そうだよね。なんかこういう魚、スーパーで見たことあるな……」

「味はタラに似てるよ。あと、調べてみたらスズキにも似てるって出てきた」

「ああ、それだ！」

スズキってどんな魚だったっけ？　と首を傾げる大地を前に、金森はテンション高めだった。

「そういえばブラックバスって、分類的にはスズキ目なんだよ。スズキは釣りをやる人間には『シーバス』って呼ばれてるぐらいだし、似てて当然だよね。だったら旨くないはずがない！」

「うん。熱々にタルタルソースをたっぷりかけて食ったら、けっこう旨かった。匂いはちょっと鼻についたけどな」

それな、と頷き合いつつ、ふたりはブラックバスのフィレをビニール袋から取り出した。

フィレのサイズは三十センチ前後といったところで、釣り人が狙うには少々小さめなのかもしれない。だがそれはおそらく、持ち帰ってくれという要望に従った結果だろう。

リリース前提のスポーツフィッシングなら五十、六十というサイズを狙うだろうけれど、その場で捌くならせいぜいこのぐらいのサイズまで、それ以上は扱いかねるに違いない。

「ねえ、勝山君。この魚ってそんなに臭い？」

金森はブラックバスを前に怪訝な顔をしている。臭いに決まってるじゃないか、と思いつつ、鼻を近づけてみると意外なことに匂いはほとんどなかった。

「あれ？　前はもっと臭かったんだけど……場所によるのかな」

淡水魚は、水質によって匂いが変わることがあるそうだ。水質が悪ければ、匂いもきついというのは簡単に想像できる。けれど、前回清村の友人が釣った場所と相模湖でどれほど水質の差があるのかなんて、大地にはわからない。むしろインターネットで調べた限り、大差ないように思える。これはやはり、処理方法の違いによるものだろう。

「ブラックバスの匂いはほとんどが内臓によるものらしいよ。釣ってすぐに内臓を取り除いたから、匂いも移らなかったんじゃないかな」

「そっか……じゃあ、前に俺が使ったのは内臓を抜いてないやつだったんだな」

それなら、臭くなってしまうのも当然だという大地の意見に、金森はすんなり頷いた。

「つまり、獲ってその場で捌けば塩焼きや煮付けでも旨く食えるってことだね」

「あと、ブラックバス特有の匂いは浮き袋にあるんだってさ。慣れないとちょくちょく破っちゃうらしいけど、親父さんの釣り友だちはそのあたりも上手だったんじゃないかな」

「なるほど浮き袋ね。なんかあれ、ちょっと潰してみたくなるけど地雷なんだね」

気をつけないと、と金森はにっこり笑う。とはいえ、これから先も彼がブラックバスを捌くことはないだろうから、無駄と言えば無駄な知識だが、そのあたりを限なく拾うところが金森の金森たる所以(ゆえん)だろう。

結局、魚って大きさが違っても捌き方はどれも同じなんだな……

およそ二時間かけて、ブラックバス以外の魚を捌き終えた大地の感想は、それに尽きた。まず頭を落とす。次に腹に切り目を入れ、内臓を取り出したあと、骨に沿って二枚、あるいは三枚に下ろす。それは、魚の種類にかかわらず、共通する手順だった。

「すごいな、勝山君。やるたびに上手くなってった。これなんてもう、スーパーで売ってるのと変わらないよ。これならブラックバスだって余裕だ」

「そうかな？　でも、ありがとう」

金森家の台所にずらりと並べられた魚を見ながら、大地はかなり満足していた。

その後、適当に切り取った身を片っ端から天ぷらにしてみた。

以前どこかで、天ぷらにして旨くないものは、どう頑張っても旨くならないという話を聞いたことがある。半ば都市伝説的なニュアンスを持っていたが、油と粉さえあればできる天ぷらは調理法として至って簡単だし、揚げたて熱々が旨くなければ何をやっても無駄、というのも納得できる話だったからだ。なにより、天ぷらは肉、魚、野菜、山菜まで含めて素材を選ばない。汎用性の広さから考えても、アウトドア向きの料理だった。

「ＯＫ。ここにある魚は、とりあえず全部天ぷらならイケる」

「うん、どれも美味しいよ。親父の釣り友だちはみんな腕が良いし、あの人たちが総出で釣ってきた魚なんだから、勝山君の会社の人がこれ以外の魚を釣り上げる確率はすごく低いと思う。魚は基本天ぷらってことにしちゃえば良いんじゃない？」

小魚ならそのまま、大物でも天ぷらなら切って揚げられるから、みんなで少しずつ味わうこともできる、と金森はとことん天ぷら推しだった。

「でもさ、すごく大漁になったら？　天ぷらばっかりじゃ飽きないかな」

清村が凄腕の釣り人ではないとしても、今回の狙いは旨いアウトドア料理で惹きつけて、キャンプに出かける人を増やすことにある。中には、釣りが巧みで大物をどかどか釣り上げる人もいるかもしれない。そういう人は普段から家で釣った魚を天ぷらにしているだろうし、もっと目新しい料理を提案する必要があるのではないか、という大地の意見に、金森はしばし考え込んだ。

「そうだね……あ、じゃあさ、あれは？　フィッシュアンドチップス！」

「フィッシュアンドチップス？　あれって、魚の天ぷらとどう違うんだ？」

フィッシュアンドチップスは、タラに衣をつけて油で揚げた料理だ。日本料理とイギリス料理の違いこそあれ、理論的には天ぷらと同じではないか。もっといえば、フランス料理のフリッターまで加えて揚げ物三兄弟と銘打ちたいほどだった。

だが金森は、天ぷらとフィッシュアンドチップスは全然違うという。衣の違いはもちろん、なにより大きいのは『チップス』の存在らしい。

「ジャガイモのフライが嫌いって人はほとんどいないだろ？　子どもは特に大好き。ジャガイモは保存の利く食材だし、腹持ちもいい。なにより『フィッシュアンドチップス』ってお洒落じゃないか」

「そうかな……」

「気軽にキャンプを楽しみに行くんでしょ？　しかも女性も混ざってる。だったら『お洒落』要素は大事だよ。で、これは俺の一意見なんだけど、課長さんの奥さんが楽しめるキャンプにできたら、『田沼スポーツ』のアウトドア用品部門の未来も明るくなると思うけどな」

ともすれば『危ない』『汚い』『面倒くさい』とされがちなキャンプのイメージを『お洒落』『素敵』『やってみたい』に変える。それができれば、キャンプ人口の増加、ひいてはキャンプ用品の売上増に繋げられる。そのためには女性需要が大事だし、料理を『お洒落』寄りにするのは効果的だろう、と金森は言う。

「ちょっと前に、アフタヌーンティーとかが流行っただろ？」

「ああ、あの三段になったタワーみたいなやつ？」

「そうそう。あれだって、突き詰めればそこらにあったスイーツやサンドイッチを一ヶ所にまとめて積み上げただけ。俺は、実はあれは狭いテーブルにいろいろ載せるための苦肉の策じゃないかって思ってるんだ。日本で言うところの重箱みたいな感じ」

「重箱……」

大地は、すごいものにたとえるなあ、と半ば呆れたが、金森の論評は止まらない。

「重箱ってすごく便利だろ？　おせち料理なんて、あれだけの品数が入ってるのに結局洗い物は重箱だけ。あれをひとつひとつ別に入れてたら、とんでもない数のお皿が必要になるし、保管だって大変。それをちょっとずつ、ぎゅっとまとめたのがおせち。アフタヌーンティーのスタンドも似たようなものじゃない？」

「ごもっとも……と言えるような気がするような、しないような……」

ほとんど煙に巻かれたように思えるが、金森の主張はあながち間違っていないだろう。もしかしたら、イギリス貴族の家あたりでは、あのスタンドは使われていないのかもしれない。

「ってことで、お洒落要素は目茶苦茶大事。ターゲットは女性だよ。女性を引き込めば、男も子どももついてくる」

「なんか、聞き覚えのある話だな」

高校時代、『包丁部』で学園祭の模擬店をやるにあたって、どんなものを出すか検討した際、候補としてスコーンが挙げられたことがあった。男子高なのにスコーンなんて、と反対意見が出たとき、先輩のひとりが、男子高だからこそ女子受けするものが必要だ、女子が来れば男も来る！　と力説したことがあった。あまりにもストレート、かつ説得力は絶大で、メニューはスコーンに決定。その年の模擬店は前代未聞の盛況となったのである。

金森はそのときはまだ『包丁部』のメンバーではなかったから、スコーンに決まった経緯は知らないはずだ。にもかかわらず、こんな説を展開するのだから、女子を釣って男子を巻き込むという作戦は一般的なものなのだろう。そういえば、『金森堂』が『ネオモダン』を謳って改装したのも、根本的には女性狙いだったのかもしれない。

「みんな考えることは同じなんだね。とにかく、女性は世界を動かす。テーマは『お洒落』。どうせ油を使うんだから、和食党狙いの天ぷらと洋食派向けのフィッシュアンドチップスを両方作ればいい」

「りょーかい。でもまあ、この魚の味はだいたいわかったから、あとは『桂花飯店』でってことにしようぜ？」

ふと時計を見ると、針は既に九時近くを指している。

せめて捌いた魚は金森家で使ってもらおうと考えた大地は、どれも味見程度に留めた。おかげで満腹とはほど遠く、腹の虫がもっと食わせろ！　と騒いでいた。

「OK。じゃあ、行こうか」

「……の前に、片付けなきゃ。なんと言っても『片付け終わるまでが料理です』だからな」

「だったね」

早く片付ければそれだけ早く飯にありつける。その一心で、大地は大車輪で台所を片付け始めた。

飛び散った鱗や魚の血は面倒だったけれど、金森が手伝ってくれたおかげで二十分かからずに台所を作業開始前の状態に戻すことができた。部屋に魚特有の生臭さが残ってしまったが、時間が経てば抜けていくことだろう。

いずれにしても、これにて本日の調理実習は無事終了、ということで、ふたりは『桂花飯店』に行くことにした。

＊＊＊＊＊

週末の夜、もしかしたら満席かもしれない、と心配しながら行ってみたが、ふたりはすんなりテーブルに案内された。それもそのはず、時刻は既に午後九時を回っている。この店のターゲット層である家族連れはとっくに夕食を終えている時間帯だった。

ああでもない、こうでもないと相談しながら注文を終えた大地は、金森に『田沼スポーツ』のカタログを見てもらうことにした。商品に付けるレシピを作ろうとしているなら、やはり商品そのものを知ってもらうべきだと思ったからだ。

「へえ……今のキャンプ用品ってすごく便利なんだね。コンロだってカセットガスと直結のものがあるし、薪を組んで苦労して火を付ける必要なんてない。俺が子どものころって、キャンプって煙に巻かれまくりながら火を熾して、飯盒や鍋を並べて煮炊きするって感じだったけど」

金森は、大地が鞄から引っ張り出したカタログを見ては、これなら煤だらけになることもない、ひとりでキャンプに出かける人が増えていると聞いたことがあるが、頷ける話だ、としきりに感心している。

それについては大地もまったく同感で、今でこそ当然のようにあっちこっちで営業しているが、最初にカタログを渡されたときは、かなり興奮してページをめくったものだ。

けれど、キャンプ用品が高性能化した背景には、アウトドア派としてはあまり喜ばしくないものもある。なにより寂しいのは、『直火禁止』のキャンプ場が急増したことだ。

金森が言うように、昔のキャンプは地面の上に薪を組み、小枝や紙を使って火を熾していた。ところが、火の不始末から火災が起こることを懸念して、今では着火台と呼ばれる専用の器具を使っての火熾ししか認めないキャンプ場が大半となった。延焼は防げるし、きちんと始末しないと着火台を持ち帰ることもできないため、キャンプが原因の火災はかなり減っただろう。おかげで着火台やカセットガス直結のコンロの開発が進み、売上も伸びているから、キャンプ用品メーカーとしてはありがたいことなのかもしれない。

だがそれでは、キャンプファイヤーを囲んで大人数でゲームやフォークダンス、などという経験はできない。キャンプファイヤーはキャンプのクライマックスと言うべきイベントで、それが体験できないとしたらキャンプの魅力は半減するのではないか、と大地は考えていた。

「そっか……便利の裏にはそんな事情もあるのか……」

「まあな……とはいっても、昔と違ってそんなに大勢でキャンプに出かける機会自体が減ってるし、支障を感じる人はあんまりいないのかもな」

「火を熾したり始末したりの経験自体がないから、事故を防ぐって意味では仕方がないんだろうね。俺たちにしても、ここでいきなり火を熾せって言われてもできないでしょ。着火剤とかライターとか使ってなんとか熾しても、完璧に始末できるとは思えないし」

「熟練者ならいいけど、慣れてない人間の、消したつもりでも消えてなかったっていうのが一番恐いよな。最悪、火事に繋がりかねない」

「ってことでの直火禁止。しょうがないね」

「数は少なくなったけど、キャンプファイヤーができるところもいくつかはあるみたいだし、どうしてもって人は、そういうところに行くしかないね」

　いささか寂しい結論に辿り着いたところで、注文した料理が運ばれてきた。

　大地は『桂花飯店』名物の麻婆豆腐と五目炒飯、金森は担々麺と油淋鶏を注文した。だが、食べるに当たってはすべてをシェア、それが中国料理の醍醐味だというのは、ふたりの一致した意見である。本当は餃子も注文したかったが、この店は一皿のボリュームも大きいし、魚の天ぷらのあとだから食べきれないだろうということで断念したのだ。

　テーブルに並んだ料理を見て、金森が言う。

「今度、ここのコース料理を食べに来ようよ。かなり旨いって評判なんだよ。あ、そうだ後輩たちも呼べばいい」

「いいねえ。あいつらがいれば、このボリュームでも余裕だろうし」

　楽しみがひとつできた、と頷き合いながら、ふたりは早速料理を食べ始めた。

第五話 運任せのアウトドアクッキング

キャンプに出かけるにあたって、まず問題になったのは時間設定だった。

前回のバーベキューで無念の涙を呑んだ清村は、とにかく釣りを前提に話を進めようとした。

当初は、海ではないから潮の満ち引きは関係ない、適当な時間に行ってのんびり釣り糸を垂らせばいい、なんて呑気なことを言っていたが、すぐに佐藤に突っ込みを入れられた。

酔狂な魚が針に引っかかるのを延々と待つなんて勘弁してほしい。もともと下手なんだから、少しでも釣果が上がりやすい時刻に臨むべきである、だそうだ。

ひどい言いぐさだとは思ったけれど、当の清村が、なるほど……なんて頷いているから、大地が口を出すことではない。

一般的に、魚が釣れやすいのは捕食活動が盛んになる早朝と夕方、つまり日の出と日没直後の時間らしい。ちなみに釣り人たちは、日の出直後を『朝マズメ』、日没直後を『夕マズメ』と呼び、その時間を狙って出かけていく者も多いという。

以上の情報を踏まえ、『田沼スポーツ包丁部』一同は、午前五時集合ということになってしまった。

大地も佐藤も、なんでそんな朝っぱらから……と、膝から力が抜けそうになった。マズメは朝だけじゃない。テントの設営やその他の作業が終わったころに釣りに行けば、ちょうど夕マズメにあたるのではないか。実際、そのように提案もしてみたのだ。けれど、清村は聞く耳を持たなかった。

それどころか、今の季節は日の出が午前五時四十分前後、移動時間を考えたら本来四時には出たいところなのに五時で勘弁してやるんだぞ、なんて謎の『恩着せ』が始まってしまったのだ。

大地は思わず、朝早くから動きたがるのは年寄りの証拠だ！　と吠えたくなった。だが、吠えたところで本人はどこ吹く風、また訳のわからない理屈をこね回すに決まっている。どうあがいても強制連行から逃れられないなら、気力と体力の無駄遣いでしかない。

結局、相も変わらず『巻き込まれ人生邁進中』状態の大地は、午前五時に清村の車を待つこととなった。

十月第一土曜日の午前四時五十五分、大地は最寄り駅のロータリーに到着した。

とぼとぼと足取り重く、それでも正しい営業マンの姿勢を踏襲して五分前到着を果たしたというのに、ロータリーには既に車が停まっていた。前回も乗せてもらったから覚えているが、あの目立つワインレッドのミニバンは、清村の車に間違いなかった。

バックミラーで気付いたのか、沙也佳が助手席の窓を開けて手を振る。

「勝山君、おはよー！」

秋も深まり、気温は相当下がっている。しかもあたりはまだうす暗いというのに、沙也佳は元気そのものだった。

――何でこんなに嬉しそうなんだ……ってか、本当に来たのかこの人。せっかくの休みにこんな朝っぱらから、しかも二泊もするキャンプに付き合うなんて物好きすぎる。旨いもの好きなのはわかるけれど、旨いものならよそでだって食べられるだろう……

そんな大地の思いもよそに、沙也佳は明るく宣言する。

「釣り日和で良かったわね！　相模湖は釣りの名所みたいだし、時間だって選んだんだから、きっとたくさん釣れるわよ。もしかしたら、ものすごく大漁になってうちに持って帰れるかも。それこそ、保冷日数六日のハイスペッククーラーボックスの出番よね！」

気楽すぎる、と思う間もなく佐藤が言った。

「そんなに甘くないですよ。魚がたくさんいるとはいっても、釣る人間だっていっぱいいるんです。むしろ魚がすれちゃって釣りにくいかもしれません」

「大丈夫よ。ビギナーズラックって言葉があるじゃない」

「清村さんはビギナーじゃないでしょ」

佐藤は、今更何を……と呆れた顔になる。ところが、沙也佳はさらりと爆弾発言を返した。

「え、でも、今日は佐藤君たちも釣るんでしょ？」

「はあ⁉」

「えー⁉」

佐藤と大地が仰天する中、清村はさも嬉しそうに言う。

「ただ待ってるなんて暇だろ？　せっかくだから、おまえらにも釣りの楽しさを教えてやる」

まったく釣れない清村が楽しいというのだから、本当に釣れたらさぞや……と思いかけて、大地はぶんっ！　と頭を振った。料理するだけでも精一杯なのに、食材ゲットから参加なんて無理すぎる。これ以上巻き込まれるのは、勘弁してもらい……と思っていると、佐藤の怒濤の反論が始まった。

「清村さん、相模湖って熟練者でも大変らしいじゃないですか。そんな場所で初心者がすんなり釣れるわけがありません！　絶対無理です！」

「やる前から無理だなんて言うな。そんな子に育てた覚えはないぞ」

「育てられた覚えはありません！」

「なんてことを言うんだ。俺はおまえの最初の上司だぞ」

「清村さんが育て損ねたからこそ、異動になったんじゃないんですか？」

佐藤は後部座席から、ルームミラーに映る清村に喧嘩腰の台詞を投げる。

前々からそうではないかと思っていたが、礼儀正しくていい先輩だと思っていた佐藤は、清村相手だと人格が変わるらしい。

けれど、佐藤が何を言っても清村は頓着せず、結局三人で釣りをすることになってしまった。

いったいこのキャンプはどうなるのだろう……

果てしない不安を覚えつつ、大地は無言で車に揺られていた。

「よーし、着いた。まずは釣りだぞ。起きろ勝山！」

清村の声で目を覚ますと、他の三人は既に車から降りようとしているところだった。あろうことか、佐藤と清村の口論まがいのやりとりを子守歌に、眠りに落ちていたらしい。我ながら大した神経だ、と驚きつつ、大地も車から降りた。

早速清村が、車の後ろに回って釣り具を取り出す。

車の後部には大小二つのクーラーボックスが積まれていた。清村が下ろしたのは小さいほうのクーラーボックスだが、それでも一般家庭で買い物その他に使われるものより二回りほど大きい。

このサイズのクーラーボックスが必要なほど釣れるんだろうか……と思いながら、大地は清村の指示に従って、釣り道具をせっせと運んだ。

既に日は昇り、あっちにもこっちにも釣り糸を投げる人の姿が見える。相模湖はボート釣りが主流で、岸から竿を投げられるポイントは限られている。そのせいもあって、釣り人が集中しているのだろう。

魚の捕食時間が終わっては大変とばかりに、『田沼スポーツ包丁部』一同は釣り具一式を岸辺に運び、早速釣りを開始した。

到着してから二時間、三人はなんとか魚を釣り上げようと頑張った。けれど、そこら中にいるという噂のブラックバスはおろか、ワカサギ一匹釣れない。

やっぱりね、と思う反面、せめて一匹ぐらい間違って引っかかってくれてもいいじゃないか、と恨めしくなる。

周りの釣り人たちは、どんどん魚を釣り上げている。釣り人同士の会話に聞き耳を立てたところ、冬に向けて荒食いがさかんで、水の状態もいいとのことだった。

水の状態がいいと言われても、目の前の湖水はなんだか薄汚れた感じで、普段の状態を知らない大地には良いんだか悪いんだか、さっぱりわからない。いずれにしても、周りの釣果を見る限り、よく釣れる日というのは間違っていないようだ。

にもかかわらず、『田沼スポーツ包丁部』のメンバーは誰ひとり釣り上げられない。きっとルアーの操作がなっちゃいないのだろう。

どうせ釣るならルアーだ、と清村が主張したため、大地は慌ててスマホで調べてみた。だが、知識と実践は別物だ。水の中の見えもしないルアーを本物の餌みたいに動かすなんて、素人にできることではない。しかも魚というのはあれで案外頭が良くて、稚拙な動きでは餌ではないことを簡単に見抜かれてしまうそうだ。

とりわけブラックバスは、数いる魚の中でもかなり頭が良いらしい。頭の良い魚との騙し合い。これこそが『バス釣りは難しい』と言われる所以であり、釣り人の挑戦心を煽る要因なのだろう。

「課長、やっぱり無理ですよ」

「情けないことを言うな、勝山。おまえにはビギナーズラックがついている。ここは一発、でっかいブラックバスを……」

この間のフライやソテーが相当旨かったのか、清村はやけに『ブラックバス』を釣りたがっている。本人も、大地たちが渡された竿もルアーもバス釣り用のだった。

「無理ですよ。ここらのブラックバスって、キャッチアンドリリースが基本なんでしょう？　ただでさえ頭が良いのに、経験値爆上げじゃ、太刀打ちできません」

「うーん……そうかも。だがみんなけっこう釣ってるし……うーん……」

清村は湖面と周囲の釣り人たちを交互に見ては、唸り続けている。

そこで釣りをしている三人をのんびり眺めていた沙也佳が口を開いた。

「ねえ、どうしてそんな偽物の餌を使ってるの？」

人間の食べ物と魚のそれが違うことぐらいわかっている。でも、普段彼らが食べているものを考慮したところで、今釣り糸の先にくっついているものは美味しそうには見えない、と沙也佳は言うのだ。

「あのな、沙也佳。魚はそんなに目が良くないんだ。だから、たとえ偽物の餌でもそれっぽく動かせば食いついてくる……ってことになってるんだよ」

最後に追加した一言が、現状の悲惨さを証明している。あくまでもそれは、生き餌に近い動きを再現できる熟練者の話で、『田沼スポーツ包丁部』にできる芸当ではない。それでも、バス釣りにはルアーありき、それが釣りの王道だと清村は譲らない。

だが、清村の説明を聞いた沙也佳は、ますます首を傾げた。

「釣りの王道？　今、そんなものを追いかける必要ってあるの？　目的は食材ゲットなんでしょう？」

食べられる魚が釣れさえすればいい。過程や方法なんて関係ない。だったらルアーの操作に悩んでないで、本物の餌を使えばいいのでは？　と彼女は言うのだ。

「正論だ……」

相手が沙也佳だと、『一理ある』ではなく『正論』になるらしい。面白すぎると思ったが、確かに沙也佳の意見は正論中の正論だった。

ルアーがバス釣りの王道だと言われるのには理由がある。先述のとおり、ブラックバスを釣る人は食べるためにやっているわけではない。あくまでも趣味、スポーツの一環なので、簡単に釣れてしまっては面白くないのだ。だからこそルアーを使う。逆に言えば、生き餌を使ったバス釣りは簡単すぎてつまらないほどよく釣れるということになる。

「とにかく魚が釣れればいいんでしょ？　そこらを掘ってミミズでも探せば？」

沙也佳は、どこかに軟らかそうな地面はないかとあたりに目を走らせる。けれど、さすがに道具もなしに地面を掘るのは難しいだろう。そもそも、このあたりにミミズがいるとは限らない。

沙也佳の圧倒的説得力に屈し、生き餌というバス釣りにおける禁じ手を使うことにした三人は、即座に釣具店の検索を始めた。どこにいるかわからないミミズを探すよりも、さっさと生き餌を買いに行ったほうがいいに決まっているからだ。

「一番早いところで九時ですね」

「よし、行くぞ！　勝山、ついてこい！」

午前五時に出発し、相模湖に着いたのが七時十分過ぎ、それから二時間釣果ゼロの時間が過ぎていたから、時刻は既に九時を回っていた。

「生き餌を使うならマズメじゃなくても大丈夫だろう。そもそも、もうとっくに朝マズメは終わってるしな」

清村がアクセルをぐいぐい踏み込みながら言う。

この人には制限速度という概念がないのか、と思いつつ、大地はシートベルトを右手で握りしめる。そんなふうにすると身体とシートベルトの間に無駄な隙間ができるから、かえって危険だと知っていても、なにかに縋（すが）りたい気持ちが止められない。溺（おぼ）れる者は藁（わら）をも摑むというが、シートベルトのほうが藁よりずっと丈夫だろう。

昨今、釣具店はどんどん閉店しているらしい。検索して見つけた店も、相模湖から十キロ以上離れていたが、暴走ドライバーのおかげで、あっという間に到着してしまった。

店に入るなり、バスを釣りたいから生き餌をくれ、と言った清村に、釣具店の店主は、バス釣りの醍醐味について説教でも始めたそうな様子だった。それでも、今回は食材ゲットのための釣りで、大物がたくさんいるバスを狙いたいのだ、と説明すると、なんだか妙に納得していた。あの様子を見る限り、店主はブラックバスを食べたことがあるに違いない。

無事生き餌を入手したあと、ふたりはまた車に乗り込み、佐藤と沙也佳が待つ場所に戻った。ちなみに、帰りも大地の右手がシートベルトから離れることはなかった。

「え、これを餌にするの？　なんかもったいない……」

それが、生き餌を見た沙也佳の開口一番の台詞だった。

佐藤は何も言わなかったが、目が明らかに沙也佳に同意している。さもありなん、プラスティックの容器に入っていたのは、川エビなのだ。ちょこまかと足を動かしていて元気そうだし、粉をまぶして天ぷらにすれば、絶対旨い。唐揚げだって十分、下戸の大地でもビールがほしくなる一品に仕上がるに違いない。

釣具店の店主も、川エビはブラックバスの大好物だから、これを使えば間違いないと言っていたが、なんせ釣るのは『田沼スポーツ包丁部』ご一行なのだ。半分、いやもしかしたらそれ以上に、食い逃げされる可能性は高い。

「このまま揚げちまいたいのは山々だが、四人で満足できるとは思えない。やっぱり海老で鯛、いやバスを釣らないと」

「しょうがないわね。でも、もし余ったら食べましょうね！」

容器には五十四の川エビが入っている。きっと余るはずだ、と沙也佳は期待満々だ。

うごめく小動物を気持ち悪い、あるいは生きているものを料理して食べるのはちょっと……という女性は多い。男性の中にもそういう人がいる。生きたエビを見てすぐさま、もったいない、いっそ自分が食べたいというあたり、沙也佳はなかなか肝の据わった女性だった。

「じゃあ、天ぷらにする分を残すためにもせいぜい頑張って釣るとするか」

清村は釣具店で習ったとおり、釣り針をエビの尻尾に引っかける。背中や頭にかけるほうがエビがよく動くし長持ちもするらしいが、初心者はやはり尻尾のほうが簡単だそうだ。

大地も見よう見まねでエビを引っかけ、ブラックバスが居そうな場所を狙って投げてみた。この『居そうな場所』というのも店主が教えてくれたもので、沖のほうではなく岸部近く、木や草が茂っているあたりに潜んでいる。そこに釣り糸を垂らすためには、岸辺から少し下がった場所から糸を投げるのがよい、とのことだった。

失敗すれば木に絡んでしまう。そうなると餌も釣り針も、もちろん糸もアウトだ。糸をはずそうと力を入れて引っ張って、竿まで折ってしまいかねない。とにかく絡まりませんように、と祈るような気持ちで投げた糸は、奇跡的に最初に狙った場所にポチャンと落ちた。

川エビはまだ付けたばかり、水の中で元気に動いているはずだ。あとはブラックバスが食いついてくれるのを待つだけだった。

糸を垂らしてわずか二分、うおっ！　という声が上がった。

声の主は佐藤で、大地から少し離れたところで両手で竿を掴んであたふたしまくっている。まさか自分の竿に魚がかかるなんて思っていなかったようだ。

「き、清村さん！　これ、どうしたらいいんですか⁉」

佐藤は、仕事中には絶対出さないような裏返った声で、叫びまくっている。頼られた清村だって、経験豊富というわけじゃない。釣り歴は長くても、釣り上げた経験は僅少、むしろ釣り糸を垂らしながら、あまりの反応のなさに検索しまくっていた大地のほうがマシだった。

「糸をたるませないようにするんです！　たるむと針が外れちゃいます」

「いや、だから、どうやって――‼」

「考えるな佐藤！　とにかく巻け――‼」

いやそれ、一番やっちゃ駄目なやつ！

大地は、即座に否定しようとした。ところが、止める間もなく佐藤はがむしゃらにリールのハンドルを回し始めた。あとはもう力任せ、あれよあれよという間に魚が岸にたぐり寄せられる。

最後は、ひょーっい！　という感じで引っ張り上げ、気付いたときには目の前でブラックバスがぴんぴんと跳ねていた。サイズはおそらく三十センチを超えるか超えないか。相模湖で四十センチ以上のブラックバスを釣るのは難しいと聞いているから、初心者にしては上等の部類だろう。

「つ、釣れた！　俺にも釣れた――！」

清村が釣りをすると言い出したときから、佐藤は徹底抗戦態勢だった。途中であきらめて、長いものに巻かれる覚悟をした大地とは対照的に、釣り竿を渡されてもぶつぶつと文句を言い続けていたぐらいだ。それなのに、これまでの白けた表情はどこへやら……。今や佐藤は歓喜の真っただ中にいた。

「いやあ、正直、釣りのどこが面白いんだって思ってたけど、いざ釣れてみたら本当に面白い。これ、嵌まっちゃいそうです」

「そう……そんなに楽しいの……」

そこで沙也佳がちらりと清村を見た。清村というよりも、彼が持っている竿を、である。おそらく、目の前で佐藤が魚を釣り上げるのを見て、自分もやってみたくなったのだろう。

「ねえ、私にもやらせて！」

「だめだ」

清村は沙也佳の申し出をきっぱり断った。力関係がはっきりしている夫婦にしては珍しい、と思ったのは大地だけではなかったようで、すぐに佐藤が沙也佳に加勢する。

「意地悪だなあ。ちょっとぐらいやらせてあげればいいじゃないですか。いいですよ、清村係長。この竿を使ってください」

佐藤はそう言いながら、自分が使っていた竿を差し出そうとした。ところが、それすら清村は止めた。

「駄目だって言ってるだろう。だって沙也佳のチケットは……」

チケットという言葉で、大地は清村の意味するところを悟った。清村の言葉に続くのは『買っていない』に違いない。

　相模湖には漁業権が設定されていない。けれど、今大地たちがいる場所は相模湖とはいってもかなり端っこ、ほとんど桂川との境目にあたる。非常に曖昧な地域ではあるが、魚影を追って桂川に踏み込みかねない。ここはやはり、遊漁券を買っておいたほうが安心だろうということで、大地たちはあらかじめ遊漁券を購入しておいたのだ。だが、遊漁券の貸し借りは禁止されているため、沙也佳が釣りをするのは違法ということになってしまう。

「どうしてもって言うなら、遊漁券を買ってこないと。確か売店かコンビニでも買えるはずだ」

　そう言うと、清村はコンビニのありかを目で探した。あいにくコンビニは見つけられなかったが、少し離れたところに売店らしきものがある。念のためにネットで検索してみると、そこでも遊漁券を取り扱っているようだ。

「あ、じゃあ俺、ひとっぱしり行ってきますよ」

『パシリ』は年下の仕事と決まっている。大地の足なら十五分もあれば往復できる距離だった。

　ところが沙也佳は申し訳ないと思ったのか、しきりに遠慮する。

「そこまでしてくれなくてもいいわ。佐藤君があんまり簡単に釣ったから、私もやってみたくなっただけ。わざわざ買いに行ってもらうほどのことじゃないわ」

「そんなに大変なことじゃないし、ぱぱーっと行って来ますよ。ずっと立ちっぱなしで、ちょっと動きたいと思ってたんです」

「そうなの？」

「清村係長、勝山は元陸上部ですよ。しかも長距離。あれぐらいの距離ならどうってことありませんよ」

「でも、時間券ってないんでしょ？　自分で言うのもなんだけど、私ってけっこう飽きっぽいし、一日券を買うのはもったいないわ」

「まあそう言うな。やってみたら案外嵌まるかもしれないぞ。それに、釣り竿は予備がある。三人よりも四人のほうが、釣果は期待できる」

「そうですよ。案外、係長のほうが爆釣れの可能性だってあります」

「じゃあ……お願いしようかしら」

かくして、沙也佳も『自給自足部隊』に入隊、後にこの隊員は釣りにのめり込み、部隊きっての釣り師となっていくのだが、それはまた別の話である。

沙也佳の遊漁券も購入し、四人で釣りを再開したのは十一時近くになってからだった。

幸い天気の良い日で寒くも暑くもない。極めて快適な釣り環境、加えて掟破り(おきてやぶ)りの生き餌という条件もあって、二時間でブラックバスを含めた魚を十四釣り上げることができた。

ブラックバスの生体移動は法律で禁止されているため、その場で絞める。

絞め方については事前にしっかり頭に入れてきたし、キャンプ場までの移動が前提だったため、清村は大型のウォータータンク、及びジッパー式のポリ袋も持参していた。おかげで特に混乱もなく、十四の魚はクーラーボックスに収まった。

合計十四というのは、四人がかりで二時間の釣果としてどんな評価を受けるのか、大地にはわからない。もっと釣る人もいるだろうし、そんな人でもまったく釣れない日もあるかもしれない。

だが、今回は完全自給自足を目指すサバイバルキャンプではない。

清村はしきりに『晩飯は任せろ』と言っていたが、あくまでも冗談、当人すらそれはわかっているようで、食材はたっぷり用意されていた。その上、魚がこれだけあれば十分だろう。

ということで、『田沼スポーツ包丁部』のメンバーは上機嫌で撤収、相模湖をあとにした。

キャンプ場に到着しても天候の崩れもなく、秋らしい爽(さわ)やかな空気の中、四人は早速テントの設営に取りかかった。清村夫婦でひとつ、大地と佐藤でひとつ、合計二張りのテントは瞬く間に設営完了。しかも、設営はほぼ清村ひとりで終わらせてしまった。

さすがに『田沼スポーツ』内売上第一位の商品だけのことはある。これなら、初めてキャンプをする人間でも簡単に設営できる、と自画自賛の時間が続いた。さらに、持ってきた寝袋の品質も極上、試しに潜り込んでみたらいささか暑さを覚えるぐらいの保温性で、秋の夜の冷え込みにも十分対応できること請け合いだった。

ところが良かったのはそこまでで、夕食準備に入った四人を待ち受けていたのは、大惨事と呼ぶに相応しい出来事だった。

「やっちまったー‼」

開発部のミニキッチン、金森家の台所に続いて三回目となったブラックバスとの対面は、腹に包丁を入れたとたん、『大失敗』のネオンサインを燦然と輝かせた。

どうやら、うっかり浮き袋を突き破ってしまったらしい。浮き袋由来の悪臭は承知済み、とにかく傷つけないように細心の注意を払ったというのに、最初から大失敗。大地は情けなさに項垂れてしまう。

それでも、最初の大失敗をがーっと取り返してウェイウェイっていうのは、勇者のお約束だ。ここはひとつ、料理の出来で挽回するしかない、と大地は悲壮な決意をする。

這々の体の大地と捌き終えた魚を交互に見ながら、清村はため息をつく。

「食ったら旨いのは間違いないが、前処理が面倒すぎるな……。これじゃあ、食用として普及しなかったのも無理はない」

佐藤は佐藤で、行政の無策を嘆く。

「最初は食用として持ち込まれたって聞きましたが、もうちょっと考えてからやれって感じですね」

「机上の空論じゃしょうがない、何でも実践って考え方はけっこう好きなんだが、生き物が関係する案件の場合、いけいけどんどんじゃすまないってことだ」

「なるほどねえ……」

清村と佐藤が、なんだか難しい顔で会話を続ける中、唯一ストレートに大地を労ってくれたのは沙也佳だった。彼女は、洗っても臭いが抜けず、情けない顔で手の臭いを嗅いでいる大地を見て、クーラーボックスからレモンを出し、皮を大きく削ぎ取って渡してくれた。

「本当にお疲れ様。効くかどうかはわからないけど、とりあえずこれで擦ってみて」

沙也佳に渡されたレモンの皮を両手で挟み、ごしごしと擂り合わせる。水で流して、またごしごし……何度かそれを繰り返し、ようやく大地の手はブラックバス特有の臭いから解放された。

そのころにはあたりに残っていた臭いも失せ、調理台代わりのテーブルの上には皮も骨も剝がされたブラックバスのフィレが残った。

とにかく料理するには火が必要ということで、清村と佐藤がステンレス製の焚き火台をセットし始める。五人から八人ぐらいまでのバーベキューなら余裕でまかなえるという折りたたみ式の焚き火台は、直火禁止のキャンプ場でも使用可能で、これまた『田沼スポーツ』焚き火台売れ筋ナンバーワンの優れものだ。手慣れた様子で佐藤が火を熾し、煮炊きの準備は万端だった。

懸念の残る魚のフィレを横目に、大地は清村に訊ねた。

「これ、ホイル焼きにしちゃっていいですか？」

「ホイル焼き？　天ぷらにするんじゃなかったのか？」

食材購入にあたって、大地はあらかじめ作ったリストを清村に渡し、そのとおりに買ってきてもらうように頼んだ。炒め物に使うのと揚げ物に使うのでは、量が全然違うため、油については『天ぷら用』と明記したのだ。清村はそれを見て、大地が魚の天ぷらを作ると思ったのだろう。

今回釣ったのはブラックバスだけではないし、ブラックバスにしても、浮き袋の処理に失敗しなかった分については天ぷらもしくは、金森が勧めてくれたフィッシュアンドチップスで問題ない。

けれど悪臭の付着が心配される一匹については、他の料理法が望ましかった。

「他のやつは揚げ物にもしますけど、この一匹だけは、ホイル焼きがいいと思います。スパイスを山ほどぶち込んで蒸し焼きにすれば、たとえ身に臭いが移っちゃってたとしても、気にならなくなるんじゃないかな、と……」

「そうね！　仕上げにレモンを搾ってもいいし」

それなら皮を剝いちゃったレモンも有効活用できる、と沙也佳は大賛成だった。

「スパイスで臭いを消すのか。それは良い考えだ。いやでも、待てよ……」

そう言いながら、清村は周りを見回す。しばらくきょろきょろしていたかと思ったら、おもむろに草むらに入っていき、一本の草を手に戻ってきた。

「これを使うといいぞ」

「あら、ヨモギ……」

「うん。ここらなら絶対あると思ったんだ」

ヨモギは繁殖力の強い植物で、全国各地で見られる。これだけ草が茂っていたら、一本ぐらいは交じっていると思った、と清村は嬉しそうに笑う。さらに彼は、根っこから引っこ抜いたらしきヨモギを、むんずと摑んで大地に差し出した。

「天ぷらとかでそのまま食べるには固いし、苦みも強くなりすぎてる。でも、ハーブとして使うなら、いけるんじゃないか？」

「ヨモギの香草焼き……そう言えば、聞いたことありますね」

「だろう？　おまえのリストにハーブミックスって書いてあったから、一応粉末のものを買ってはきたが、どうせなら生のヨモギのほうが臭い消し効果は強いだろう」

「かもしれませんね」

頷いた大地は、それでも極力柔らかそうな葉を選んで茎からちぎった。それだけで独特の香りが広がる。なるほど、これならブラックバスの臭いを抑えてくれるし、日本人に馴染みの深いヨモギなら、良い感じの香草焼きが出来上がるだろう。

大地はブラックバスに塩胡椒をし、粉末のハーブミックスも振りかける。生のヨモギは良い仕事をしてくれるに違いないが、やはりハーブは種類を多く使ったほうが味に深みが出るだろう。

一方、助手を名乗り出てくれた沙也佳は、コッヘルセットの中から浅型の鍋を取り出した。フッ素樹脂加工が施してあって、煮込みだけではなくフライパンとしても使える重宝な一品である。

沙也佳が大地の作業の進み具合を確認し、鍋をコンロに載せた。そして、調味料が入ったバスケットを見て嬉しそうに言う。

「最後に、お醤油をちょっぴり垂らしてもいい？」

「もちろん。醤油は調味料の神様です」

「それって全世界共通？」

それはすごいわね……なんて、本気か突っ込みかわからないようなことを言いながら、沙也佳は料理器具一式が入ったコンテナボックスから、アルミホイルを取り出した。

「小さめの切り身にして、ヨモギはたっぷり。それなら多少お魚が臭くてもなんとかなるわよね」

沙也佳は大地の指示どおり、アルミホイルを大きく切り取ってバターを塗る。一方大地は、ホイル焼きのお約束というべき玉葱や椎茸をささっとスライス、清村と佐藤がオリーブオイルを垂らしたホイルに材料を次々と載せていく。『田沼スポーツ包丁部』としての活動は初めてだったが、なかなか見事な連係だった。

「よっしゃ、これでＯＫ」

下準備ができたホイル包みをさっきの浅型鍋に並べる。あとは時々様子を見て、焦げる前に火から下ろせば完成だった。

「うーん……」

「いいわねえ……」

「熱々だ」

清村夫妻と佐藤はピクニックテーブルを囲んで、出来上がったホイル焼きを食べ始めている。

テレビのバラエティー番組ほど饒舌(じょうぜつ)な食レポは望んでいなかったが、料理した人間としてはもう少し具体的に語ってほしいところだった。

とはいえ、三人の表情はそれなりに満足そうなもので、ホイル焼きが一定の水準に達していることだけはわかる。気になるのは、あのブラックバスの臭みがちゃんと消えたかどうかだった。

「臭い、どうですか？　気になりますか？」

そんな大地の問いかけに、佐藤はきっぱり首を横に振った。

「大丈夫。ハーブミックスとヨモギの合わせ技は見事だし、塩胡椒の具合も抜群。最後に垂らしたレモンと醤油がいい仕事をしてるよ」

「同感。これなら普通にレストランで出てきてもおかしくないわ」

生ヨモギの力を借りたとはいえ、浮き袋を破ってしまったブラックバスの臭いが気にならない程度に収まったのは奇跡かもしれない、と沙也佳は感動している。

佐藤は佐藤で、しきりに釣りの楽しさを語る。

「いやー釣りたての魚がこんなに旨いなんて！　自分で釣ったのはなおさらです。まさか俺に釣られるほど間抜けな魚がいるとは思いもしなかったけど、これぞアウトドアならではの醍醐味です。いやはや、キャンプって楽しいですねえ！」

「おまえ、あんなに来るのを嫌がってたのに……」

清村は呆れたように首を振り、沙也佳は笑いを嚙み殺す。佐藤は、とにかく自分が釣った魚を美味しく食べられて『余は満足じゃ』状態だった。

「あー美味しかった！　勝山君、他の魚はどうするの？　内臓処理はしたから、このままでも大丈夫だとは思うけど……」

釣った魚のうちの二匹はホイル焼きで消費した。ハイスペッククーラーボックスがあるから、残りの魚の保存は可能だが、問題はそれだけではなかった。

「えーっと、皆さん、腹加減はどんな感じですか？　正直、俺は食った気がしないんですけど……」

旨いか旨くないかと言われれば、旨かった。だが、それと満腹かどうかは別問題だ。

早朝から連れ出され、釣りだの、テント設営だの、料理だの、で動きっぱなしだ。昼前に釣りをしながら、コンビニで買ったおにぎりやサンドイッチを食べはしたが、そんなものでは全然追いつかない。そもそも、それらを食べてから既に三時間、時刻は午後四時になりかかっている。みんなに絶賛されたホイル焼きもただの誘発剤に留まり、大地は空腹を持て余していた。

だが、腹の減りようは人それぞれ、もしかしたら他のメンバーはけっこう満足しているのではないか。特に、女性である沙也佳はこれ以上いらないという可能性もあった。

ところが、大地の問いかけにいの一番で応えたのは、当の沙也佳だった。

「あー、実は私も。なんかもっとお腹に溜まるようなものが食べたいわ」

「賛成。今のはブラックバスの味見ってことで、本格的に夕食の支度を始めよう」

秋の日暮れは早い。うかうかしていたら暗くなってしまう、と清村が急かす。

ヘッドライトやランタン、懐中電灯といったアウトドア用の照明器具は各種取り揃えて持ってきてはいるが、日のあるうちのほうが作業は捗るに決まっている。

アウトドアでの調理には時間がかかるのが常識、『しっかりしたもの』を作るのであれば、なおさら早めに取りかかるべきだろう。

「ってことで、勝山君。何を作る予定？」

沙也佳が皿の上のアルミホイルを回収しながら訊ねてくる。

大地は、いくつか考えてきたレシピの中から、『しっかりしたもの』に相当しそうなものを探し、メンバーに提案した。

「川魚ですから炊き込み飯……じゃなければ、天ぷらにして天丼？」

天丼と聞いたとたん、佐藤が歓声を上げた。

「それ旨そう！」

「天ぷらなら酒のつまみにもできるし、手っ取り早い。炊き込み飯も捨てがたいが、それはまたってことにして、今夜は天ぷらで！」

清村の宣言で今夜のメニューは天ぷら、そしてそれを使った天丼と決まった。一方沙也佳は、天丼もいいけど、天ぷら茶漬けもいいわねえ……なんてうっとりしている。アウトドアでお茶漬けを食べたがるなんて、つくづく変わった女性だと思いながら、大地は天ぷら粉を溶き始めた。

大地がせっせと天ぷらの準備をしている横で、清村夫婦が飯を炊き、佐藤が味噌汁を作った。佐藤は普段から料理はしないと言っていたが、アウトドアは例外、ヤマメやマスのアラで出汁を取った熱々の味噌汁は、下がり始めた秋の気温の中、骨に染み渡る味わいだった。

アウトドア料理は一度に大量に作れない。加えて素人料理人のお約束で、すべてが同じタイミングで出来上がるということはなかった。うっかり味噌汁作成を最後に回したおかげで、飯も天ぷらも熱々とまではいかなかったが、どれも十分満足できる味で、清村はビール片手に満面の笑みを浮かべている。

「いやー……極楽、極楽。どうだ、勝山、佐藤。来て良かっただろう？」

聞いたとたん、沙也佳が片手で清村の胸元をぱんっと叩く。

「何が『来て良かっただろう』よ。釣りもお料理も、ほとんど人任せ。あなたはなにもしてないじゃない」

「何を言う！　テントはちゃんと……」

「確かにテントは張ってくれたわね。でも、あれって『田沼スポーツ』売上ナンバーワン、軽いし設置はほぼワンタッチでしょ？　威張るほどのものじゃないと思うけど？」

「ごほっ……！」

沙也佳のまっとうすぎる突っ込みに、清村はビールを飲み込み損ね、盛大に咳き込んだ。

それでも往生際悪く、計画が良かった、とか運転してきたのは俺だ、とか言い張りまくり、さらに沙也佳の失笑を買う。

とはいえ、夫婦のやりとりは明らかに漫才コンビのノリで、夫婦喧嘩とはほど遠いレベルである。中年夫婦の戯れ合い（じゃあ）という、まったくありがたくない寸劇を見せられながら、大地と佐藤は食事に励む。

大地が捌いた魚は、お世辞にも美しい仕上がりとは言えなかったが、衣をつけて揚げてしまえば問題ない。むしろ、冷めてもかりっとした歯触りが残っていることが驚きだった。

佐藤も感心したように言う。

「すごいな、勝山……。天ぷらってけっこう難しいって聞いたのに」

「たぶん、天ぷら粉が良いんですよ。普通の小麦粉でやったら、ここまで上手くいかなかったと思います」

「それにしたってさ。さすが末那高料理部……」

「『包丁部』です！」

毎度毎度同じ突っ込みを入れつつも、和やかに食事は進み、天ぷらの皿も味噌汁の鍋も見事に空になった。

「あー食った、食った。じゃあ、後片付けは俺がやるよ」

先ほどの沙也佳の突っ込みを気にしたのか、清村が後片付けを買って出た。だが、相手は年上、しかも上長、学生時代に散々『後片付けまでが料理』と叩き込まれた大地は、やはり座ったままではいられない。

幸いこのキャンプ場には洗い場が整備されており、洗剤も使える。ふたりでやれば半分の時間で済む、ということで大地は使った食器を集め始める。すぐに佐藤と沙也佳も手伝い始め、ほどなく食器の片付けは終わった。

「お疲れ様でした。今日はここまでにして、もう休みましょう」

早朝出発だった上に、天ぷら宴会で盛り上がったせいで、時計の針はもう十時近い。清村のことだから、明日の朝も早くから起き出すに違いない。さっさと休んで、体力の回復に努めたほうがいい。それよりなにより、大地は眠くて目がふさがりそうだった。にもかかわらず、清村は不満そのものの顔をする。

「もう寝るのか？　まだ十時じゃないか。これから焚き火の前でウイスキーでもやりながら、じっくり人生相談をだなあ……」

「いや、俺たち目下、気分は上々。人生相談はまたってことで……」

佐藤が呑む気満々の清村を完全に封じ、ようやく大地の長い一日が終わった。

＊＊＊＊＊

翌朝、大地はパチパチと炭がはじける音で目を覚ました。

都会の喧噪の中なら決して聞き取れないような小さな音なのに、こんなにはっきり聞こえてくるのは、それだけ周りが静かだからだろう。

腕時計を確かめてみると、時刻はまだ六時を過ぎたばかり、隣の佐藤は深い眠りの中にいる。

昨夜、十時には切り上げたとはいえ、それまでにけっこうな量の酒を呑んでいたし、日頃の疲れもあるのだろう。朝食の支度はあるが、どうせ佐藤は料理については戦力外。それならぎりぎりまで眠ってもらったほうがいい、ということで、大地は佐藤を起こさないようにそっと寝袋を抜け出した。

テントから出て焚き火台のほうに目をやると、沙也佳がひとりで座っている。焚き火台の上には小さなケトルがかかっているから、湯を沸かして飲み物でも用意するつもりなのだろう。

「おはようございます」

「あら、勝山君。早いわね」

「係長こそ。眠れなかったんですか？　うるさかったとか……」

清村の年齢や体格から考えて、深酒したら豪快な鼾をかきそうだ。狭いテントの中のこと、沙也佳は安眠できず、朝早くから起き出したのではないかと大地は心配になった。

「大丈夫、ちゃんと眠ったわ。あの人の鼾には慣れてるし、私はもともと朝型で、睡眠時間も短いほうなのよ」

家にいるときは五時過ぎには起きている。これでも寝坊したほうなのだ、という説明を聞き、大地は別の心配を思い付いた。

ブラックバスの調理のあと、なし崩しに宴会に突入し、清村の家に泊めてもらった翌日、沙也佳は朝から旺盛な食欲を示していた。あの様子から考えれば、今も彼女は腹ぺこに違いない。

「係長、もしかしたら腹が減ってるんじゃないですか？」

「ご名答！　でも清村は高鼾だし、勝山君たちのテントも動く気配はないし、しょうがないから紅茶でも飲もうかな、と思って出てきたの」

無理かと思ったけど、案外簡単に火が付いて良かった、と沙也佳は言う。次いで、大地も一緒に飲まないかと誘ってくれた。

「いただきます。あ、そうだ、ついでに……」

沙也佳はもちろん、空腹なのは大地も同じだ。朝食の支度には時間がかかるし、その前になにか軽くお腹に入れておきたい。

そう考えた大地は、食材が詰まったクーラーボックスから餃子の皮を取り出した。

「飯の支度の前に、ちょっと燃料を入れましょう」

「餃子の皮？　なんに使うの？」

「まあ見ててください」

クーラーボックスをかき回し、ウインナーとスライスチーズを取り出す。バーベキュー用の金串にウインナーを刺し、スライスチーズを重ねた餃子の皮を巻き付けていく。餃子を包むときの要領で、皮の一部を水で濡らしてくっつけ、焚き火台のケトルの横に載せた。

「すぐに焼けますからね」

「うわー楽しみ！　じゃあ、私はその間に紅茶を淹れるわね」

沙也佳は上機嫌でふたつのステンレスカップにティーバッグを入れた。ケトルの場所が空いたので、大地はさらに二本ウインナー巻きを追加する。ひとり二本ずつ食べれば、とりあえず腹の虫は抑えられるだろう。

小まめに金串を回転させ、全体にまんべんなく焦げ目を付けていく。炭火の熱は、皮ばかりではなくチーズもウインナーもしっかり温めてくれ、ほどなくウインナー巻きが焼き上がった。

「はい、できましたよ。熱いから気をつけてくださいね」

「了解！」

皿に移したウインナー巻きを受け取った沙也佳は早速、それでも大地の注意を忘れずに、そっとウインナーを齧（かじ）った。ぱりぱりに焼けた餃子の皮に歯があたり、さくっと小気味よい音を立てる。

「皮はぱりぱり、チーズはとろとろ。すっごく美味しい！　でもこれ……ビールがほしくなる……」

あまりにも正直な感想に、大地は苦笑してしまった。

「すみません。本当はそれ、おつまみ用だったんです。どうせ、夜中まで吞むだろうと思って。でも……」

「疲れ果ててバタンキュー？」

「そういうことです。申し訳ありません」

「いいのよ。どうせ、吞んでたのは清村だけだし、あの人はおつまみなんて何でもいいんだから」

現に、昨夜もそこらにあったオイルサーディンの缶詰でウイスキーを吞んでいた。しかも、携帯用バーナーを持ち出して温めていた。かなり美味しそうなおつまみになっていたから、まったく問題ない、と言い切り、沙也佳は二本目のウインナー巻きに手を伸ばした。

やっぱり缶詰を持ってきてよかったんだな……

さすが金森、と改めて大地は感心する。万が一のときのために、と彼は言ったが、いざ来てみたらそれなりの量の魚が釣れた。食材も食べきれないほど用意されている。これでは缶詰の出番はないと判断し、食材が入った段ボール箱に突っ込んでおいたのだ。清村のひとり酒のお供になったのなら、持ってきた甲斐があったというものである。一緒に持ってきたトマトジュースも、昨夜けっこうな量の酒を呑み、轟沈(ごうちん)してしまった佐藤の役に立つかもしれない。

よかったよかった、と思いつつ、大地も自分の分を食べ始める。ケチャップかピザソースでも入れればよかったかな、と考えながら齧っていると、後ろからどすどすという足音が聞こえてきた。

「なーに食ってんだあ⁉」

言うが早いか、清村は焼き網の上に残っていたウインナー巻きをむんずと摑む。一瞬、熱さにびくっとしたものの、すぐに脇に置いてあったキッチンペーパーで金串を摑み直し、大きく齧り取った。

「旨い！　おまえ、何でこれを昨夜出してくれなかった！」

「その説明はもう終わったわ」

あっさり沙也佳にかわされ、怪訝そうにしながらも、清村はばくばくと食べ進み、あっという間に完食してしまった。

「おかわり！」

「自分でやりなさい」

沙也佳に、餃子の皮とウインナー、スライスチーズの三点セットを差し出され、清村は自分でウインナー巻きを作り始めた。文句も言わずにやっているところを見ると、相当美味しかったのだろう。

「こんなに簡単なのに、こんなに旨いなんて反則だろ」

袋に残っていたウインナーをすべて巻き終わり、清村は文句とも賞賛ともつかない台詞を口にしている。

「温めた缶詰も相当旨かったが、これは別格だ」

「ちょっと、全部食べちゃ駄目よ」

次々とウインナーを串に刺す清村を、沙也佳が慌てて止めた。

「佐藤君の分も残しておいてあげないと……」

沙也佳の言葉に、大地ははっとして佐藤が眠っているテントに目をやった。

思う存分眠ることと旨いものを食うこと、どちらに軍配を上げるかは人それぞれだ。けれど、冷静に考えればウインナー巻きなんて、起こしてまで食べさせるほどのものではない。佐藤を起こすのは朝食ができてから、ということで、三人は食事の支度を始めることにした。

「さて朝飯だ。勝山、何を作るんだ？」

「まずご飯からよね」

米を炊くには時間がかかるから、そちらを先に火にかけなきゃ、と沙也佳が米を洗い始めた。

それを横目に、大地は食材が入った段ボール箱から山菜ミックスを取り出した。

「山菜の炊き込みご飯ってどうですか？」

「グッドアイデアだ！」

「それなら、ご飯もおかずも一緒にできちゃうわね」

満場一致で、朝は山菜の炊き込みご飯に決定した。

山菜ミックスの水を切り、洗った米の上に載せる。水に醬油とみりんを入れたところで、大地は手を止めた。

「えーっとあとは酒……」

「あ、これを使って」

「おい、それ‼」

清村が悲鳴のような声を上げる。それもそのはず、沙也佳がクーラーボックスから出してきたのは、下戸の大地ですら知っているような有名銘柄の純米大吟醸酒だった。

「そんなものを料理に使うな‼」

「だから、前にも言ったでしょう？　調味料は大事だって。あのどうしようもない煮魚の味を忘れたんですか？」

沙也佳もきっぱり言い切る。

「シンプルなお料理こそ、調味料が味を左右するものよ。いいから勝山君、それを使っちゃって！」

沙也佳に後押しされ、大地は純米大吟醸酒を鍋に注ぐ。心配しなくても、炊き込み飯に使う量なんてたかが知れているのだ。そこまでおろおろすることはない。案の定、四合瓶の酒は一センチぐらいしか量を減らしていなかった。

「ほら、ほとんど減っていないでしょ？　あ、そうだ……ついでにこの梅干しも使っていいですか？」

段ボール箱にはプラスティック容器に入れられた梅干しが入っていた。大地が頼んだわけではないから、清村が自分用に持ってきたのだろう。

「それは俺の酎ハイ用の梅干しだ」

「勝山君、梅干しを何に使うの？」

「吸い物でも作ろうかと……」

とろろ昆布に麺つゆ、あるいは粉末出汁と醤油を加えて湯を注ぎ、葱か三つ葉を散らせば吸い物ができる。そのままでも十分なのだが、梅干しを入れれば味はさらに深まるし、高級感すら出てくる。

山菜の炊き込みご飯にもってこいの汁物になるだろう。

「インスタントまがいの吸い物に入れるのか？　あれは和歌山産で皇室に献上されるような高級品なんだぞ！」

「あら、けちくさいことを言わないの。あれは頂き物だし、そもそももらったのはわ・た・し！」

かくして、沙也佳の満面の笑みとともに、極上梅干しは吸い物に入れられることになった。

「これで旨くなかったら、絶対許さん！」

清村が歯ぎしりする横で、大地は悠々と油揚げを刻む。炊き込みご飯を作るとき、油揚げはかなり強力なアイテムだ。特に、山菜がメインの場合、淡泊になりがちな味わいに深みを増してくれる。

味噌汁用の油揚げが思わぬところで役に立った、と大地はひとりほくそ笑んだ。

「そろそろいいんじゃない？」

「もうちょっとだけ……炊き込みご飯はお焦げが旨いんです」

「そうそう。焦げ飯最強！」

もうちょっと、もうちょっと、とやっているうちに焦げすぎてしまうというのはよくある悲劇だ。そうなる寸前で火から下ろし、数分蒸らしたあと、大地は鍋の蓋を取ってみた。

朝の冷え込みで空気が冷たかったせいか、盛大に湯気が広がる。同時に、焦げた醤油の香ばしい匂いが漂ってきた。

そこに寝ぼけ眼（まなこ）でやってきたのが佐藤だった。例によって、閻魔（えんま）大王のような清村に起こされた佐藤は、よたよたしながら近づいてきたかと思ったら、かっと目を見開いた。

「あ！　炊き込みご飯だ！」

「お吸い物もあるわよ。皇室献上用極上梅干し入りよ」

「どっちでもいいから早くください！　うわー、すごく旨そう！」

早くよそってくれ、と大地をせっつき、器を受け取るなり、炊き込みご飯をぱくり、続いて吸い物をゴクリ……。そして彼は、満面の笑みとなった。

あーさっきの清村課長と同じじゃないか。なんのかんの言いながら、この人たち、けっこう似てるんだなあ……

本人たち、特に佐藤は全力否定しそうだが、元上司と部下はこと食についての反応に関しては非常に似ていると言わざるを得ない。とはいえ、旨いものを口にしたときは、誰でも同じような反応になるのかもしれない。

「あー旨い……。この梅干しの酸味がなんとも言えない」

「ほんと……お湯を入れただけなのに、すごく美味しい」

吸い物を飲んでみた沙也佳も絶賛する。

醤油はずいぶん控えめに入れたのだが、梅干しの酸味に助けられちょうど良い味わいになっている。一方、炊き込みご飯はレトルトの山菜が単調な味わいだけに少し濃い目の味付け、両者のバランスはばっちりだった。

「すごいな、勝山。朝からこんな美味しいものが食べられるなんて最高だ！」

「同感。しかも、人に作ってもらえるなんて言うことなし。ありがとうね、勝山君！」

佐藤と沙也佳は、しきりに大地を褒めながらどんどん平らげていく。清村に至っては、食べること以外に口を使うのはもったいない、といわんばかりにがっついている。

献立作りはずいぶん金森に助けてもらったが、料理についてはブラックバスの捌き損ね以外の失敗はしていない。高校時代に比べれば、ずいぶん腕が上がった。日頃の努力は無駄ではなかったんだな……と大地は、自分で自分を褒めてやりたい気持ちだった。

「で、今日は何をするの？」

鍋はきれいに空になり、片付けも終えた四人は、優雅に食後のコーヒーを飲んでいる。再び釣りに出かけるという手もあるが、先ほどから雲が出始めていて、釣りには不向きな天候になりつつある。なにより、昨日から魚続き、ウインナーは食べたもののあれは肉とは言いがたい。

大地の胃袋が、そろそろ肉を食わせろ、と騒ぎそうだった。

ローストビーフでも作りましょうか、と言いかけた大地は、そこで話題が料理ではないことに気がついた。沙也佳の言う「何をするの？」というのは、文字どおり本日の行動予定についてだった。

「どうしましょう……？」

佐藤が困ったように清村を見た。

「え、決まってないの？　ぜんぜん？」

　学校の遠足みたいにスケジュール表ができているとは思わないが、大まかな予定ぐらい立っているものだと思っていた、と沙也佳は不思議そうに言う。当たり前の感想ではあったが、清村に引きずられるようにキャンプに来てしまった大地たちとしては、予定を問われても……という感じだった。

「言い出しっぺのあなたはどうなの？　まさかのノープラン？」

「いや、これといった予定はない。なんせ、今回のキャンプは『田沼スポーツ包丁部』の活動の一環で、目的は料理そのものだからな」

「料理そのもの？」

「そう。目的はずばり、アウトドア料理のレシピづくり」

「レシピづくり？　なんのために？」

「いやあ……そういうのをくっつければ、ちょっとはうちの商品も売れるかなーって」

「そうかもしれないけど、それって開発部でやることなの？　そもそもなんでそんなこと……」

　そこで清村は、先般渋谷部長に呼び出された件について話し始める。そのあと、佐藤による『田沼常務の黒い疑惑』の説明が続いた。さっきまで、今日の予定もわかっていなかったのに、見事なサポートぶり、まさに『一を聞いて十を知る』である。さすが佐藤さん……と大地は感心することしきりだった。

「アウトドア料理に多少の失敗は付き物です。普段やったことがない人間だって、アウトドアでなら、料理をすることもあるかもしれない。簡単に旨い料理ができたら、癖になってまたやろう、って思うかもしれません。今開発中の新しい調理器具のシリーズがありますよね？　それとアウトドア料理のレシピ集を一緒に出したら、売上もぐーっと上がって、田沼常務だって変な手出しはできなくなるはずです」

佐藤は、長い話をそんな台詞で締めくくった。ところが、自信たっぷりの佐藤に、沙也佳は首を傾げる。

「レシピ集を付けるなんて、もうとっくにやってるじゃない。佐藤君たちだって知ってるわよね？」

大地も佐藤も営業担当だ。パッケージされた完成品を扱っているし、説明書にいくつかレシピが添えられていることもわかっている。そしてそれは『田沼スポーツ』に限らず、あらゆるメーカーでとっくに実施済みのことなのだ。多少新しいレシピを入れたところで、客の購買意欲を煽ることができるのか、と沙也佳は言うのだ。

佐藤が困ったような顔で、大地を見た。

なんせ、最初の日帰りバーベキューのあと、開発室での料理、そしてあれよあれよという間にこのキャンプに来ることが決まった。商品添付用のレシピ開発にしても、たった今清村が思い付いたことで、佐藤は無理やり理由をつけたにすぎない。冷静に突っ込まれれば、たちまち理論は崩壊してしまうだろう。

ところがそこで、黙り込んだ佐藤の代わりに清村が口を開いた。しかも、驚いたことに、彼はまず大地に向かって、ごめんな……と謝ったのだ。

「どのコンロにもコッヘルにもレシピがひとつやふたつ書かれたパンフレットは添えられてる。それは俺も知ってるし、佐藤たちもわかってたはずだ。でも、そんなことどうでもいい。まずレシピを作ること自体が大事だと思った」

「ふーん……まずレシピね……。それはどうして？」

「俺は、いっそ逆転の発想で、レシピに調理器具のパンフレットを付けるってやり方はどうかと思ったんだ。アウトドア料理をばーんと前に出して、これを作るにはこの調理器具が必要です。この料理が作れるキャンプ場はここ、この料理に使った魚を釣るにはここ、竿はこちら……って、なんでもかんでも料理から始めちゃったらどうかな、と……」

だからこそ、見た人を惹きつけるようなレシピが必要だったと清村は説明した。

「勝山は料理ができるし、なんだかんだ言って好きそうだったから、レシピ開発にはうってつけだと思った。だからこそ、バーベキューに誘われたのをいいことに、無理やり付き合いを深め、ブラックバスを料理させ、このキャンプにも連れてきた。『田沼スポーツ包丁部』を立ち上げた目的も同じ。本当は、あのバーベキューだって、勝山が重い雰囲気に耐えかねて、ついうっかり誘っちまっただけだってことぐらい、わかってたんだ」

本当にすまなかった、と清村は深々と頭を下げた。

「普通なら断る。おまえだって、『本当に来るのか！』って顔に書いてあったもんな」

そんなつもりは……と笑ってごまかそうとしたが、あまりにも事実すぎて無理があった。ところがそこで、無言になってしまった大地の代わりに佐藤が訊ねた。

「でも俺、ちょっと考えたんですけど……たとえその作戦が上手くいったとしても、絶対に清村さんの手柄とは認めてもらえませんよね？」

どう理屈をこね回そうが、レシピ開発は開発部の仕事ではない。清村のアイデアを実行に移して売上が増えたとしても、営業部の実績にしかならないと佐藤は言うのだ。

それでも清村は笑みを崩さない。

ふたりのやりとりを聞いていた沙也佳が、怒ったような口調で言った。

「たぶんこの人、そんなことぐらいわかってるわ」

「どういうことですか？」

「あのね、佐藤君。この人は根っからの開発馬鹿……っていうか、ただの馬鹿かもしれない」

そう言い切ったあと、沙也佳は清村を正面から見据えた。清村は頭の後ろを掻きながら言う。

「ひどいなあ、沙也佳……」

「だってそうでしょ？　あなた、これが自分の手柄にならないことがわかっててやってるんじゃない？」

「まあな……。だが、開発馬鹿って言われるほどそればっかり考えてるわけじゃないんだぞ」

そこで清村は、大地たちがまったく聞かされていなかった裏事情について話し始めた。

「実はあのバーベキューをやった直後、渋谷部長に呼び出しを食らったんだ」

「呼び出し？　そんな話は聞いてないわ。っていうより、私はなんにも聞いてない！」

「わざわざ話して聞かせることでもないかなと……」

「そんなの内容によるじゃない」

そうやって、なんでもかんでもひとりで抱え込まないでよね。どうにもならなくなってから聞かされたって困るんだから……

おそらく沙也佳は、そんな文句も言いたかったのだろう。けれど彼女は、ただ唇を尖らせただけで、それ以上追及しようとはしなかった。とりあえず、話を聞くほうが先だと思ったのだろう。

「それで、渋谷部長はなんて？」

「あの人、ああ見えてけっこう善人でな……。ま、端的に言えば、おまえたちの憶測はあながち間違ってなかったってことだ」

「憶測……って、田沼常務が清村さんを飛ばそうとしてるんじゃないかって話ですか？」

「えっ！　ビンゴだったの⁉」

沙也佳が、心底驚いたような声を出した。おそらく、さっきの佐藤の話を冗談とでも思っていたのだろう。彼女は、身を乗り出すように訊ねた。

「渋谷部長はなんて？」

「はっきり言って、アウトドア関連グループの売上が思わしくないのはそもそも商品に魅力がないからだ。明らかに開発部の力不足、より魅力的な商品を生み出すためには刷新が必要。まずは……」

「実質的責任者であるあなたを異動させろ？」

「そういうこと。渋谷部長も前々から田沼常務の企みには気がついていて、もうしばらく様子を見てから、って言ってくれてたそうだ。もちろん、今も頑張ってくれてる。だが、相手はあのクレージー野郎、そろそろ限界らしい。企画だけでもいいから、なんとかあいつを黙らせるような新製品を出せないかって言われた」

どうせ中身なんて田沼常務には理解できない。ぱっと見『いいかも……』と思えるものであれば、ごまかすことは可能だ。とにかく今すぐ企画を持ってこい、と渋谷は言ったそうだ。

「いや、でもそれはちょっと無理がありませんか？」

そもそも『田沼スポーツ』には、歴とした商品企画部という部署がある。商品企画部から上がった企画に従って商品を作り出す、それが開発部の仕事なのだ。商品企画部をすっ飛ばして開発部から企画を上げること自体がおかしいし、そんな適当な企画をでっち上げたところで、田沼常務は騙せても他が納得するわけがない、と佐藤は懸念した。

ところが、清村は、そこが泣かせるところでな、とまったくこの場に相応しくない言葉を返した。

「渋谷部長も前々から田沼常務を腹に据えかねていたらしい。それでも、今までは直接アウトドア関連グループに手出ししてこなかったから我慢していたが、ターゲットが俺となったらさすがに黙っていられない。ここはなんとしてでも……ってことで、あっちこっちに根回ししまくるつもりらしい」

「根回し？　幹部会議のメンバーを懐柔するってことですか？」

「そう。しかもメインは商品企画部」

開発部からまともな企画が上がるのが一番いいが、それが無理だった場合は商品企画部に頼み込んで、企画立案者として清村の名前も入れてもらう。その上で、多少へぼな企画でも、会議の場では褒め称えてもらうよう他のメンバーに頼み込む、と渋谷は言ったらしい。

「どうせあいつにゃわかりゃしねえ、って渋谷部長は言い切ってた。大事なのは、メンバーが褒め称えるような企画を俺が考案することだそうだ」

「言ってることが無茶苦茶です。やっぱり渋谷部長……」

そこで佐藤は、またしても『切れっぱなしで本格的に断線説』を持ち出した。けれど、清村はそうではない、と言う。

「前に呼び出されて『足りないもの探し』なんてことを言われたときは、確かにこの『クレージー野郎が！』って思った。でも、考えてみればあれも俺を心配してくれてのこと。とにかくなにかやらなきゃヤバいって伝えたかったんじゃないかと思う。面と向かって『おまえ、飛ばされかけてるぞ』とも言えないし、渋谷部長は開発なんて門外漢。やむなくあんな指示を……」

「まあ、そう考えればつじつまが合うような……合わないような……」

それでもやっぱり『クレージー』なことに違いない、と佐藤は小声で呟いた。

「今回の呼び出しは、田沼常務のごり押しがさらに強くなってきて、もう洗いざらいぶちまけるしかないと思ったからじゃないかな……。そうでもしなけりゃ、開発馬鹿の清村は研究三昧している間に、全然違う場所に飛ばされてしまうって」

「そうだったの……でも、それってどう考えても上手くいきそうにないわ」

沙也佳が絶望的な眼差しで清村を見た。清村は、沙也佳の眼差しを受け止め、ふっと笑って言う。

「もちろん、上手くいくわけがない。なにより、俺は渋谷部長にそんな下らないことをさせたくない」

「でもそれじゃあ清村さんが飛ばされちゃうじゃないですか！」

「そうかもしれないし、そうじゃないかもしれない。でもまあ、そうなったらなったで……」

そこで清村はちらりと沙也佳を見る。数秒見つめ合ったあと、沙也佳が大きく息を吐いた。

「わかった、いざとなったら辞めるなりなんなりして。あとのことは私がなんとかするわ」

なんでもこの夫婦は、前々から退職については話し合っていたらしい。子どももいないし、ふたりでずっと働いてきて貯蓄もそれなりにある。食べていくだけならなんとでもなるだろう。どうしても仕事が嫌になって、相棒がやむを得ないと思えるような事情なら、そのときは辞めていいことにしようと……

早期退職扱いで退職金をがっぽりもらいましょう、と沙也佳は気合たっぷりに言う。清村の正確な年齢も『田沼スポーツ』の早期退職規定も知らないが、総務課所属の沙也佳が言うのだから対象者に違いない。今更他の仕事をさせられるぐらいなら、さっさと辞めて転職、あるいは悠々自適の生活に入ればいい。

もちろん彼女とて『田沼スポーツ』の正社員、しかも係長である。それなりの稼ぎはある。それでも、この状況であっさり、いざとなったら辞めていい、なんて言える沙也佳はあまりにも男前だった。

「清村係長、かっこいい……」

「マジで清村さんにはもったいないですよ」

「おまえら、俺のかみさんに惚れるなよ」

「なんでこんな人が、よりにもよって清村さんと……」

他にも男はいっぱいいたでしょう、と佐藤はなぜかぷんぷん怒っている。それでも、清村は平然、むしろ上機嫌だった。

「ってことで、その時点で渋谷部長にはストップをかけた。あのクソ常務には何を言っても無駄。俺を飛ばしたいと思えば、どんな手を使ってでも飛ばすだろう。むしろ変なことやって、田沼常務の矛先が渋谷部長に向いちまっても困る」

自分たちと違って、渋谷部長は三人の子持ちだ。一番上がまだ大学生になったばかりで、これからどんどん金もかかる。何かあったら大変だ、と清村は言う。お人好しにも程がある、と呆れてしまうが、清村は本気でそう思っているのだろう。

「で、俺は考えた。まあさっさと辞めちまうって手もあるが、アウトドア料理のレシピを作るってこと自体が面白そうだし、やってみたい。でもって、どうせならおまえらの手柄にできないかなあって……」

「手柄なんてどうでもいいです！」

佐藤の声がキャンプ場に響き渡った。

「そんなこと俺は絶対認めませんからね！　とんでもない話です！　あーもう、頭にきた、こうなったら、見ただけで涎たらたら、すぐにでもコンロやコッヘルを担いでキャンプをしに行きたくなるようなレシピ集を作ってやる。でもって、新規客をがっぽがっぽ誘い入れて、この企画の発案者は開発部課長の清村だーって触れ回ります！　勝山、おまえも手伝ってくれるよな⁉」

「え……あ、はい……」

ここでこれ以外の答えができるなら、『巻き込まれ人生邁進中』なんてことになっていない。

なにかが起こったらすぐ巻き込まれ、さらにそれを楽しんでしまえるのが大地だと、金森も言ってくれた。それなら腹をくくって頑張るしかない。

高校時代に廃部寸前の『包丁部』に入って以来、大地はずっと弱い側の立場だった。それを気合と運で乗り切ってきたのだ。今度だって、きっとなんとかなる。そして今『弱い側』は明らかに清村だ。田沼常務の思惑どおりにさせるなんて、もっての外。徹底抗戦あるのみだった。

「時間が許す限り、アウトドア料理を作りまくります。もういっそ、休みはずっとキャンプでもいいです」

どうせ非リア充、他に予定なんてありませんし……とやさぐれる大地に、佐藤も清村夫婦も大笑いだった。

「そう腐るな。それに休みはずっとキャンプっていうのも大げさだ。アウトドア料理はアウトドアでしかできないわけじゃない。レシピを作るだけなら、家の台所でだって十分。どうしても炭を熾したければ、開発部のグラウンドでやればいい」

「あら、でも、たまにはキャンプに行ってもいいんじゃない？」

キャンプ自体は楽しいし、釣ったばかりの魚は美味しい。会社のグラウンドでは釣りはできないから、時々はキャンプ場に出かけてもいいのではないか、と沙也佳は提案する。

即座に、清村が賛成した。

「そうか、釣りか！　確かに釣りたての魚を料理するレシピは魅力的だ。よし、今度は川ばかりじゃなくて海が近いキャンプ場にも行ってみよう」

「海釣り……それはそれで面白そうですね。な、勝山？」

「そうですね……海の魚は、川の魚よりも料理法がたくさんありますし」

「絶対美味しいわよね！」

「よし、じゃあ、次回は海だな！」

「次回とか言ってないで、このまま海に移動しませんか？　釣ることはできなくても、海の側(そば)には魚を売ってるところだってあるでしょう。のんびりしてる時間はありません。すぐできることはすぐやりましょう」

佐藤のもっともな提案に全員が賛成し、四人はすぐさまテントを撤収、海の近くのキャンプ場に移動することにした。移動の足は車、オフシーズンでキャンプ場はどこも空いている。気ままに場所を移すにもってこいの環境だった。

キャンプ場に向かう途中で見つけた海産物販売所で、四人は大騒ぎで魚を選んだ。マグロだのアジだのイカだのタコだの……清村は、目に付く限りの魚介類を買い込みそうになっている。大地は清村のところに猛ダッシュして、イカとタコの購入を止めた。

「イカとタコはパスです！　俺には絶対扱えません！　イカにはアニサキスが付いてるそうですし、タコのぬめり取りなんて、何時間かかるかわかりませんよ！」

アニサキスは有名な寄生虫だ。呑み込むととんでもないことになる。それは知っていても、大地は実際にアニサキスを見たことがない。従って駆除の仕方もわからないのだ。そんな危ない橋は渡れないし、手作業で延々とタコを揉み続けるのも嫌だった。

「どうしてもイカやタコが食いたかったら、シーフードミックスにしてください！」

「つまんねえの……。ま、いっか、イカだけに……」

オヤジここに極まれり、と言いたくなるような清村の台詞に、残りの三人が噴き出した。

「清村さん、勘弁してくださいよー。せっかくみんなで起死回生のレシピ集を作ろうとしてるのに、気合が抜けまくっちゃうじゃないですか」

すまんすまん、と謝りながらも、清村は笑っている。

沙也佳にまで、まったくあなたは……と呆れられつつ、四人は魚を選び、キャンプ場に向かった。

到着したキャンプ場は、海釣りもできる好立地。だが、到着したのは午後も遅い時間で、当然のことながら釣りをしている時間はない。なにより、釣り糸を垂らしたところでビギナーズラックは既に消費済み、このメンバーの腕前ではろくな魚は釣れないだろう。

せめて一匹……と未練たっぷりの清村を、もう魚は買ってあるのだからさっさとテントを立てて料理にかかろうと説き伏せ、四人はそれぞれの作業に移った。

今度ははっきりと「レシピ集を作る」という目標があったため、誰もが真剣に調理に関わり、味についての評価もしっかりおこなった。沙也佳がいかにも総務課らしく詳細なメモを作成し、手順や使った食材も記録、実際にレシピを作る際に大いに役立つこととなった。

特筆すべきは、沙也佳のメモが今日の料理だけではなく、過去にも及んだことだ。

彼女は昨日大地が作った料理を思い出し、調味料やスパイスの種類、火の加減、加熱時間に至るまで大地に訊ねまくり、二泊三日の間に食べた料理はすべて紙に写された。さすがに、清村家に泊めてもらった翌朝に作った玉子焼きまでは必要ないだろうと思ったが、それすら彼女はメモしていた。

たぶん、このメモはレシピ集ではなく彼女自身のためだろう。こうやって訊きまくってまで再現したいほど、自分が作った料理を気に入ってくれたのか、と大地は嬉しくなる。それに、キャンプで玉子焼きを食べたくなる人が、まったくいないとは限らない。料理のバリエーションはあればあるほどいい、ということで、大地特製の葱入り玉子焼きもレシピ集に加えられることになった。

第六話

グルメブームに乗っかれ！

アウトドア料理を表看板として客を惹きつけ、売上を増やそうという試みは、あっさり企画会議を通過した。

大地はもちろん、佐藤も田沼常務の横やりが入るのではないかと心配したが、そういったことにはならず一同はひとまず胸をなで下ろした。おそらく開発部からではなく、営業部から出された企画だったせいで、田沼常務も清村がらみだと気がつかなかったのだろう。その上、不完全とはいえ、レシピ集の見本は既にできていて、写真まで添えられていたおかげで、イメージが摑みやすく、賛同者が増えたと思われた。

佐藤は、時代はグルメブーム、人を動かす原動力は『旨い飯』だと断言し、ふかしにふかした企画書を作成、意気揚々と企画会議に乗り込んでいった。

若さ故のバイタリティー、そして百戦錬磨のセールストークを持つ佐藤にかかれば、企画会議のひとつやふたつ、なんでもない。そうでなくとも売上が伸びずに喘（あえ）いでいたのだから、この際、できることは何でもやれという感じなのだろう。

とはいえ、どこかに一言でも『清村』という字が入っていたら、こうはいかなかったかもしれない。とりあえず清村の存在は伏せておいて、企画が成功した暁には陰の功労者として清村の名前を出す。そうすることで企画は順調に進み、たとえ失敗したとしても田沼常務に新たな攻撃材料を与えずに済む、という佐藤の読みは見事だった。

そんなこんなで順調なスタートを切った企画だったが、いざ実行に移すとなると様々な問題が生じた。詳細まで検討することなく、えいやっ、で始めた企画なのだから当然と言えば当然だ。

なにより大変だったのは、実際のレシピ作りだ。会議に出したのは本当にざっくりしたレシピで、食材の分量も手順も曖昧な部分が多々あった。それをちゃんとしたものにするには、同じ料理を何度も作って確かめる必要があるし、なにより圧倒的に料理の数が足りないのだ。

企画が採用されたおかげで、レシピ作りは正式な業務となった。外回りから帰ったあと、あるいはちょっとの空き時間を縫って、佐藤と大地はせっせとレシピ作りに取り組んでいたが、それでも、これなら……と思える料理はそう多くなかった。

終業時刻を過ぎたあと、人気(ひとけ)が少なくなった営業部で佐藤は大きなため息をつく。

「アウトドアならではの料理って、意外と少ないんだな……」

　カレーはもとより、バーベキューをはじめとするグリル料理の数々は、家でも作れる。もちろん、昨今の住宅事情で近隣に煙や臭いが流れまくるバーベキューは難しくなっているに違いないが、料理としてはグリルに食材を載せて焼くだけのことなのだ。ＩＨでは難しくても、ガスコンロに付いているグリルを使えば、アウトドア料理と同等に仕上がるだろう。

　炊き込みご飯の類いにしても、わざわざライスクッカーを持ち出さなくても、炊飯器にスイッチを入れるだけでできる。清村はしきりに『お焦げ』の素晴らしさを主張したが、昨今の炊飯器にはお焦げ機能が付いたものもあるらしい。大荷物でキャンプに行かなくても味わえると言われれば、それまでだった。

「結局、アウトドアの魅力って、料理そのものじゃなくて、自然の中でわいわいやりながら食べるってことなのかな……」

　佐藤のため息がとまらない。

　いちいちもっともな言い分に、大地もレシピ本を放り出す。

　どんなに旨い料理を出してみても、アウトドアの必然性を主張できなければキャンプ用品は売れない。それではただの料理研究会になってしまう。「この玉子焼き、すごく美味しい、家で作ってみるわ！」では意味がないのだ。

「やっぱりこれぞアウトドア、外でしか食えない料理が必要ですよね」

「だよなあ……。勝山、がんばってくれい！」

ほとんど戦意喪失状態の佐藤に、大地はがっくり頭を垂れた。

「アウトドアクッキングならでは、の料理ねえ……」

万策尽きて訪れた『金森堂』で、金森はうーんと首を捻(ひね)った。

「そもそも歴史を逆行してるんだよね、アウトドアって」

「どういう意味？」

「料理の歴史って、大昔にアウトドアでやってたことを家の中でできるようにしてきたってことだよね。今現在、日常的に外で料理をする人間がいなくなってるってことは、文明の大勝利。外じゃなければできないことはなくなったってことじゃない？」

「確かに……。それをひっくり返して、また屋外に連れ出そうっていうんだから、一筋縄じゃいかないよな」

いくら『田沼スポーツ』オリジナルの超高性能ナイロンザイルを使っても難しい、と項垂れた大地に、金森は慰めるように言う。

「あ、でも、やっぱり料理ってキャンプの大きな魅力なんだから、やりようはあると思うよ」

「やりようねえ……」

そのやりようってやつが難しいんだよ……と、ため息をつく大地を見て、金森はしばらく考え込んでいた。そして、躊躇いがちに言う。

「ねえ……いっそ、アウトドアならでは、って発想をやめてみたらどうかな？」

「は？」

「家で普通にできる料理でも、外で作ればもっと美味しい、もっと楽しい、ってアピールすれば、やってみようかな、って思う人がいるかもしれないよ」

そもそも『非日常』というスパイスは、それだけで料理の味を上げる。さらに、炭火による遠赤外線効果が料理に与える影響は科学的にも証明されている。

料理屋ではない一般家庭が屋内で炭を使うのは極めて困難だが、キャンプ場なら心配ない。その上、魚を焼こうが、天ぷらを揚げようが、台所の汚れを気にする必要もない。普段なら億劫になりがちな料理でも、アウトドアならチャレンジ可能だ、と金森は主張した。

けれど大地は、それはちょっと違うのではないか、と思った。後片付けという点において、アウトドア料理と家庭の台所では比較にならない。調理器具の保管場所から考えなければならないアウトドア料理は、面倒くさいことこの上なしだった。

「おまけに、年に何回かしか使わないから、変なしまい方をしたら劣化も激しい。もともとアウトドア好きの人ならともかく、まったくやったことがない人をそれで引き込むのは無理だと思う」

「そっか……」

道具の手入れはお手の物、というよりもそれが商売の一部である金森にとって『手入れが面倒』というのはまったくの盲点だったのだろう。ひどく残念そうな顔で、金森は訊ねた。

「キャンプ用品って、普通の家では全然使えないものばっかりなの？」

「いや……使おうと思えば使えるんだろうけど、わざわざ使うかというと……」

土鍋、あるいは普通の鍋でご飯を炊く人はいても、わざわざアウトドア用のライスクッカーをガスコンロにかける人はいない。たいていの人は、アウトドアグッズはあくまでもアウトドアで使うもの、という認識を持っているだろう。

「そっか……でもさ、ライスクッカーは無理でもダッチオーブンとかなら？」

「ダッチオーブン？」

「うん。うちでも最近扱い始めたんだけど、けっこう売れるんだ。この間もお馴染みさんが買ってくれたんだけど……」

その客は、年齢的には七十歳前後、今まで登山やキャンプに行っていた様子もない。これから始めるのか、と驚いた金森は、つい、キャンプに行くんですか？　と訊ねてしまったそうだ。

「七十歳から始めるアウトドア！　なんかすごいけど、大丈夫なのかそれ……」

「だろ？　俺も心配になっちゃってさ……そしたら、そうじゃなくて家で使うんだって」

「家で？」

「うん。そのダッチオーブンって、ＩＨ対応で普通の台所でも使えるんだ。そのお客さんは、ダッチオーブンを使って本格的な煮込み料理を作りたかったらしい」

「ＩＨ対応か……確かにあるな。それに、俺もこの前無水カレーを作ってみたけど、目茶苦茶旨かった」

水を一切入れず、野菜の水分だけを頼りに作るカレー。時間をかけて煮込んだおかげで、肉もトロトロ、濃厚な味わいで清村はしっかり二人前平らげた。大地は無水カレーの味を思い出し、生唾をゴクリと飲み込んだ。

「そうか、あれなら家でも作れるな。あ、そうだ！　いっそ、ダッチオーブン料理をメインに持ってくるってどうかな？　材料を入れて火にかけるだけだし、料理の経験がなくても失敗しにくいだろう？　あ、でも……」

そこで大地はちょっと不安になった。ダッチオーブン料理は魅力的だが、ダッチオーブンそのものが高い。レジャーグッズとしてではなく、家庭用の調理器具として買ってもらうには値が張りすぎるのではないか、と思ったのだ。

だが、金森は大地の不安を一笑に付した。

「大丈夫。ダッチオーブンは値段の幅も広いから、それぞれの財布に合わせて買ってもらえるよ」

「そんなに幅広いのか？」

そこで大地は首を傾げてしまった。

『田沼スポーツ』で扱っているダッチオーブンはいずれも一万円前後からそれ以上の価格のものばかりだ。フルセットにすれば六桁クラスのもあるが、そんなものを買い込む人は希（まれ）、というか大地はフルセットが売れたなんて聞いたことがない。価格帯という意味では選べる幅は狭いような気がした。

ところが金森は、それは金物屋とスポーツ用品店の品揃えの違いだという。

「今でこそもてはやされてるけど、ダッチオーブンって要するにただの鍋なんだよ。扱いが簡単で丈夫、万が一壊れても簡単に買い換えられるような値段だったんだ。だからこそばーっと普及したんだけど、最近は機能がいろいろくっついて値段が上がりまくってる。本来は、そこらのアルミ鍋ぐらいの値段だったはずなんだ」

そして金森は、特に、スポーツ用品店が扱ってるメーカーは高い、と申し訳なさそうに付け加えた。

「高いものの質がいいのは確かだよ。手入れが簡単だったり、熱効率がすごく良かったりね。でも、普通に使うなら、有名ブランドじゃなくても十分。この間のお客さんが買っていったのも、五千円もしないやつだったよ。それでも簡単に作れて重宝、なにより旨いって大喜びだった。あの値段でそんなにいいなら、俺も使ってみようかなって思ったぐらいだ」

煮炊きする機能そのものの価格による差は小さい。家で使うならよけいに、安いものでも十分だ、と金森は言うのだ。

「それを使ってるうちに、本格的にアウトドアでやってみたくなって高いのに買い換える、っていうのが理想だよね」

「ついでにバーベキューコンロとか、バーナーとかも買ってくれればさらによし。もっとやってみたくなってテントを買って出かけてくれれば、言うことなし」

「そうだ、いっそレシピの紹介だけじゃなくてイベントをやって、実際に炭火で料理してみたらどうかな」

『本物の火』は見るだけでなんだか癒やされる。特に寒くなり始めるこれからの季節、直火を使った料理イベントは人気が出るのではないか、と金森は言う。

「なにより、炭火で作った料理は美味しいしね」

「やっぱり『遠赤外線』はすごいですよ、って煽るわけか」

お主も悪よのう……と笑う大地に、金森は真顔で返す。

「アウトドアイベントなんて、うちみたいな小さな店では無理。でも、勝山君のところならできるでしょ？　それを生かさない手はないよ」

「だよな……。ついでにキャンプ場情報も入れるか……」

「うん。深緑がきれいとか、猛暑でも涼しく過ごせるとか、季節ごとのお勧めを入れるといいよ。あ、料金とアクセスも忘れずに。車で乗り付けられれば、気軽に出かけられるし」

「グッドアイデア、それ、いただき！」

ダッチオーブンを使った家庭料理で引き込んで、徐々にアウトドアの魅力に気付いてもらう。キャンプ用品を一通りお買い上げいただいてミッション終了。別作戦として、すでにアウトドア派になっている人向けに、最近の高性能商品を紹介し、買い換えを促す。そこまでやれれば、かなりの売上増が見込めるはずだ。

「あ、それから、これは経験上のアドバイスだけど……」

そんな前置きをしたあと、金森は至って真面目な顔で追加した。

「女性を狙ったほうがいいよ」

「あー……わかってる、わかってる。女性を誘い込めば、男もついてくるってやつだろ？」

学生時代から幾度となく聞かされた話である。同僚ならともかく、今更金森に言われるまでもなかった。

ところが、大丈夫だと断言する大地に、金森はいかにも彼らしくデータに裏付けされた根拠を述べ始めた。

「これまで俺たちが聞かされてきた、というか、やってきたのは、若い女の子を餌に男連中を釣るって話だろ？　俺が言ってるのはそういう友釣り商法じゃなくて、単純に家庭内勢力図の話なんだよ」

「家庭内勢力図——？　なんだそれ！」

素っ頓狂な声を上げた大地を笑いつつ、金森は説明を加えた。

「男ってさ、もともと外でテントを張ったり、火を熾したりするのが好きだろ？　もちろん、究極のインドア派だっているだろうけど、比率としては圧倒的に女性よりも男性のほうがアウトドアレジャーをやりたがると思わない？」

夫婦あるいは子どもがいる家庭に絞って考えれば、キャンプやバーベキューをしようと言い出すのはもっぱら男性で、ごく一部を除いて女性は渋々付き合っているのではないか、と金森は言う。

「確かに……」

「だろう？　キャンプにしてもバーベキューにしても、言い出しっぺはお父さんで、お母さんのほうはできれば避けたいと思ってる。勝山君は、その理由について考えたことある？」

「そりゃあ、面倒くさいからだろう？」

アウトドアレジャーの醍醐味よりも、準備や後片付けの面倒くささが勝れば、わざわざ出かけていこうなんて思わない。特に夏の暑い時期に、汗や土、煙にまみれ放題になるのに、満足に風呂にも入れないようなキャンプを好む女性は少ないはずだ。それぐらいなら温泉旅館、あるいはお洒落なホテルに泊まりたいと思うのは当然だ。

大地の意見に、金森は大きく頷いた。そして彼は、まずその概念をくずすことから始めるべきだと言う。

「どうやって？」

「キャンプは楽しいけど大変、じゃなくて、キャンプは楽しい上に楽、に持っていくんだ」

「それはかなり難しいな」

自宅ならともかく、上げ膳据え膳、しかも温泉付きの旅館と比べられたらどうしようもない。

テントを張ったり、煮炊きをしたり、というキャンプをする上で必要な作業を省くわけにはいかないし、佐藤の言うとおり『不自由を楽しむ』のがキャンプの醍醐味なのだ。すべてが簡単便利になってしまえば、そもそもキャンプに行く意味がなくなってしまう。

だが、不自由を楽しめる人だけがキャンプに行く、認めたくはないがそれが現実だ、としょんぼりする大地に、金森は呵々大笑だった。

「だからさ、不自由の楽しみなんて、それを楽しみたい人に押しつけちゃえって話だよ。これは、とある投稿サイトで見たアンケート結果なんだけど、女性の中にもキャンプが大好きって人はいる。そしてそんな人は決まって、『楽だから』って答えてるんだ」

「楽だから……？」

「そう。回答者は圧倒的に既婚者が多数。家では何にもしてくれない旦那さんが、外に出たとたん張り切り出す。当日はおろか、キャンプ用品の準備から食材の買い物まで全部やってくれる。奥さんのほうは、セットしてもらったピクニックテーブルで飲み物を片手に寛ぐ、あるいは子どもと遊んでるだけ。家に帰ってからも、後片付けは旦那さん。そういう家の奥さんたちは、軒並み『キャンプが大好き』って答えてたんだよ」

子どもがいる家庭における女性の発言力は絶大、決定権は『お母さん』にある、と金森は真顔で言い切る。

「アウトドアの楽しみは非日常。しかも、例外はあるにしても、大した数ではないとまで……たら、それは日常の延長でしかない。でも、何から何までお母さんがやらなきゃならないとしっても夫婦や家族が協力してやって初めて非日常、それならお母さんだって参加したくなるんじゃないかな」

「そうかもしれないな」

金森の意見は圧倒的説得力を持っていた。なぜなら、大地は休日や営業回りの合間に、『田沼スポーツ』を扱っている実店舗を見に行くことが多い。

店先で嬉々としてキャンプ用品を見ているのはたいてい男性で、マニアックな用品をほしがっては、『キャンプなんて行かないわよ！』と女性に一刀両断される、という光景を何度も目の当たりにしていたのだ。その上、『あなたたちは楽しいかもしれないけど、私は大変なだけ。だいたい普段からあなたは……』と家事分担への不満が続いたりするのだ。そうなるとキャンプどころではない、とにかく危険地帯脱出、ということで夫婦はそそくさと売り場をあとにする。

　あの女性の『行かないわよ！』『大変なだけ』がなくなれば、売上はどれほど伸びることだろう。

「将を射んと欲する者はまず馬から、って言うだろ？　家族ユーザーを増やすなら女性を落とすのが常道。それに、小さいころからアウトドアレジャーに慣れ親しんで育った子どもは、大人になったときに、自分の子どもにも同じような経験をさせたいって思うかもしれないし」

　言われてみればそのとおり。現に、大地の両親は、キャンプどころかバーベキューですらやろうとしたことがない。経験があるのはせいぜい林間学校や農山村留学でやった飯盒炊さんやカレー作りぐらいで、そういった場所に家族で行くという発想自体がなかった。もしも『田沼スポーツ』に入社しなければ、一生テントやコッヘルに触れることはなかったかもしれない。

「次世代ユーザーである子どもを引き込むのは大事だ。そのためにまず籠絡すべきは『お母さん』ってことなら大いに納得だ」

「ということで、とにかく最初は、お母さんがキャンプに行きたくなるようなイベントが必要なんだよ。お母さんが行こうって言えば、お父さんは案外簡単に賛成しそうな気がする。たとえ最初は渋々でも、始まっちゃえばノリノリになったりして。でもって、いずれは、男向け……っていうか、やりたい人向けの技能向上研修会みたいなのも開いたらいいんじゃない？　テント張りや火熾しがサクサクできたら、一目置かれるよ」

饒舌に語る金森を見て、大地は思う。

今は釣りに夢中の金森の父親も、かつてはキャンプに熱中していたのだろうか。そもそもまったくアウトドアに無縁の人間が、いきなり釣りに行きたいとは思わないだろう。それよりなにより、金森家のクーラーボックスはかなり大きく、しかも年季が入っていた。もしかしたら、金森が小さいころは、頻繁にキャンプやバーベキューに使っていたのかもしれない。

案の定、金森はちょっと遠い目をして言う。

「子どものころはけっこう山や川に出かけたよ。そんなに店は休めないから近場、もしくは日帰りだったけどね。それでも、好きなものを片っ端から焼いて食べられるバーベキューはすごく楽しかった。大人は準備とか後片付けとか考えて億劫になりがちだけど、子どもでバーベキューが嫌いって奴は珍しいんじゃないかな。うちではバーベキュー食べたい＝キャンプに行こうだったよ」

「で、親父さんを尊敬したりして？」

「それはあんまり。だって、うちの親父ときたら、自ら『どうだ、すごいだろ！』って自慢しまくるんだもん」

「あはは……あるある！　黙ってやってくれれば、勝手にすごいなーって思うのに、自己申告しちゃうから台無し」

「だろ？　ま、ちょっと話が逸れちゃったけど、とにかく、なんとかして『キャンプも案外いいかも……』って思わせる。でもって、家の中に行きたい人がいるなら、その人が面倒くさいことは引き受ける。もちろん、キャンプに行きたがってるのがお母さんの場合は、お母さんが頑張る。普通の家庭なら、そうやって頑張ってる人を見たら、そのうち、なにか手伝おうかなって思うだろうし」

そうなったらしめたものだ、家族全員で作業を分担し、みんなで楽しむことができるだろう、と金森は笑った。

「キャンプの一番楽しい部分、大人でも子どもでも楽しめる部分を思いっきりアピールする。今回、勝山君たちが料理をメインに持ってきたのは大正解だと思う」

「イベントを開いて実際に料理を作る。でもって、面倒くさいことはこっちで引き受けて、ひたすら食べて楽しんでもらう……なるほど、それならキャンプに行ってみたいって思ってくれる人も増えるかもしれない」

「少なくとも、ダッチオーブンぐらいなら、買ってもいいかなって思ってくれるかもね」

「よし、その線で会社の人に提案してみるよ」

そこまで話を進めたあと、大地はふと気がついた。ここはやはり、なにかコンセプト、あるいはキャッチフレーズのようなものがあったほうがいいかもしれない。

金森に相談してみると、彼はちょっと考えたあと、さらりと言った。

「そりゃあキャッチフレーズはあったほうがいい。普通なら『アウトドアクッキングを楽しもう』だけど……あ、いっそもうシンプルに『野外飯は旨い！』とかどう？」

学生時代に作っていたのはもっぱら、がつがつ食うためだけの『野獣飯』だった。今度はそれを『野外飯』にチェンジする。『野外飯』という言葉は聞いただけで中身がわかるし、かなりキャッチーではないか、と金森は実にありがたい助言をくれた。

「だな……。ありがとう、金森。おかげで、かなり方向性が見えてきたよ！」

「そりゃよかった」

いつもながらに、金森は頼りになる。大地は、感謝とともに、金森と勢いよくハイタッチをかわした。

コンセプトは『野外飯は旨い！』、できるだけ参加者の労力を省き、アウトドアの楽しいところ、飯の旨さだけを満喫してもらう。アウトドアクッキングではなく、あえて『野外飯』としたことに清村と佐藤は苦笑したが、沙也佳は大絶賛だった。

曰く、『クッキング』という言葉を聞くと、どうしても自分が作らなきゃ……と思ってしまう。だが、『野外飯』ならそういう気持ちにならずに済む、とのこと。それを聞いた清村の絶望的な眼差しは、周囲の笑いを呼んだ。

「共働きなのに家事は係長に任せ切り。清村家の本質的な問題があぶり出されてますよ。どうします、清村さん」

佐藤に追い打ちをかけられ、清村はますます意気消沈。自分が日頃からいかに沙也佳に面倒をかけているか再認識したのだろう。ところが沙也佳は、なんてことない顔で言う。

「いいのよ、佐藤君。私も、口で言うほど不満に思ってるわけじゃないの。この人が仕事にかかり切りなのはわかってて結婚したんだし、下手に手を出されたら、もっと大変。いざとなったらアウトソーシングすればいいし」

経済的なゆとりがないわけじゃない。家事代行サービスを使おうと思えば使えるのに使わないのは、まだ自分でなんとかできる範囲だからだ。年を取って家事が大変になるころには、清村も退職しているだろうし、そうなったらふたりで仲良く家事に勤しむつもりだ、と沙也佳は横目で清村を見た。

「ってことで、問題なし。でも、日頃から台所を預かってる者として、アウトドアのときぐらいはお姫様気分で楽しめたらいいな、って思っちゃう。なんだって自分でできるし、別に嫌じゃない。それでも、時には楽をしたいって気持ちは誰にだってあるわ。大自然の中で、自分以外の人が作ってくれたご飯を食べる。ますます『野外飯は旨い！』って気分になると思わない？」

美味しいご飯をご馳走になって、ゆったりとした時を過ごせば、キャンプも良いなと思ってもらえる。人間だって動物、自然の中でこそ得られる癒やしがあるはずだ。その素晴らしさを知れば、また行きたいと思うかもしれない——沙也佳の意見は、金森の分析どおりだった。

日常からの解放、それこそがアウトドアの醍醐味だ。

ちょっと参加したバーベキューが楽しくて、また味わいたいとキャンプに行く。日帰りが一泊、次は二泊、中には装備を調えて山に登ってみようと思う人も出てくるかもしれない。そんな人がひとりでも増えてくれれば『田沼スポーツ』の未来は明るい。

まずは、家の中にいる人を屋外に連れ出す。それが大事だった。

『野外飯は旨い！』イベントの準備は、急ピッチで進められた。

なにせ、イベントを思い立った時点ですでに十月、うかうかしていたら冬が来てしまう。アウトドアが大好きな熟練者ならまだしも、木枯らしが吹く季節、外で飯を食いたがる初心者は少ないだろう。

レシピ集用の料理のリストアップは終わっていたが、全部を作ることはできない。そこで大地は、『田沼スポーツ』の従業員たちに、どんなアウトドア料理を食べてみたいか訊ねてみた。

ところが、出てきた料理は多種多様、リストにあろうがなかろうがお構いなし、さらにはそのイベントはいつやるんだ、自分たちも参加できるのか、と訊かれまくり収拾がつかなくなってしまった。

従業員を捕まえてはアンケートを採っていた大地としては、面倒なことになったと思う反面、ちょっと嬉しくもある。

このイベントの狙いは、今まで関心がなかった人たちを料理でアウトドアレジャーに引き込むことだ。今回のアンケートはもっぱらアウトドア関連グループ以外の従業員が対象で、普段からアウトドアとは無縁の従業員たちがこれほど食いついてくるのであれば、企画は半ば成功したようなものだからだ。

その後、なんとか意見を集計してイベント実施要項を作り上げ、再び佐藤が企画会議に乗り込んだ。

アウトドア関連グッズの業績を伸ばしたいという思いが上層部にも伝わったのか、既にレシピ集の作成が承認されている以上、乗りかかった船とでも思ったか、はたまた、使うのはサンプル品、会場は実験用グラウンド、購入せねばならないのは食材のみ、という低予算ぶりがうけたのか……

いずれにしても、企画はひどく速やかに承認され、第一回『野外飯は旨い！』イベントは、十一月四日におこなわれることに決まった。

企画会議で圧倒的勝利を飾ったあと、意気揚々と営業部に戻ってきた佐藤は、大地に企画書を差し出した。

企画の最初からふたりで話し合ってきたのだ。内容については十分わかっている。何を今更……と思ったけれど、とにかく見ろ、と言われ、大地は企画書を開いてみた。そして、仰天した。そこに今まで見たこともなかった『魚の捌き方講座』というタイトルがあったからだ。

「佐藤さん、こんな企画いつの間に突っ込んだんですか⁉　俺はなんにも聞いてません！」

「いや、ごめん。昨夜、おまえが帰ってから、今日の会議に備えて企画書を読み直してたんだ。誤字とかあったらみっともないからな。そしたらそこに清村さんが来て……」

清村は、大地が作った魚料理が相当お気に召したらしく、自分でも作ってみたいと考えたらしい。

早期退職して悠々自適の生活となれば、時間はたっぷり、釣りにだって行き放題だ。いかに、『坊主』ばっかりの清村といえども、回数を重ねれば多少は上達するはずだ。大物を釣り上げる可能性だって、ゼロとはいえない。そうなったとき、自分で捌けないというのは大問題だ。この機会に自分で捌けるようになりたい、どうせレシピ集を作るなら、魚の捌き方も入れてみてはどうか、というのが清村の弁。

それを聞いた佐藤はなんだそりゃ、と思ったそうだが、よく考えてみると悪いアイデアではない。昨今、自分で魚を捌けない人は多い。捌き方が書いてあれば参考にする人もいるかもしれない、と考えたという。

ただ、清村はもちろん、佐藤も、大地ですら未だに魚を捌くときは苦心惨憺している。他の料理本を参考にする手はあるが、それはなんだか負けたような気がする——ということで、この際、本格的に捌き方を習ってはどうか、となったらしい。

「いや、負けてない。全然負けてません。料理本ってそのためにあるんです。だから、面倒なことはやめましょう！」

大地は声を大にして訴えた。だが、佐藤は平然と言う。

「清村さんが言ったんだ。自分で魚を捌ければ、釣りを始めるハードルはぐっと下がる、釣りに興味を持ってくれる人が増えるかもしれないって」

別に参加者にまで捌かせる必要はない。捌き方を書いたパンフレットを配布した上で、誰かが実演すればいい。ただ絵に描いてあるものを見るよりは、遥かに印象に残るし、自分にもできそうな気がするだろう、というのが清村の意見だったそうだ。

「……確かに、魚自体がものすごーく新鮮で旨かったら、そうなるかも……」

「だろ？　なるべく新鮮、できたら釣りたてに近い魚を用意して、目の前で捌いて料理する。それが旨ければ、自分でも釣りをしたくなる。竿だって売れ放題だ、って清村さんが……」

清村の意見を聞いた佐藤は大いに納得、完成したはずの企画書を練り直し、無理やり『魚の捌き方講座』を突っ込んだそうだ。

土壇場ですごいことをやるもんだ、と感心してしまったが、大地にはひとつ疑問があった。

「佐藤さん、そうなると魚も新鮮なものを用意しなきゃいけませんよね。どうするんですか？」

「問題はそこなんだよな……。清村さんは、いっそ、場所を移して釣りも一緒にやるか？って言ってたけど、さすがに無理だよな」

「当然です。釣りができるキャンプ場はたいてい使用料や遊漁料がかかります。距離的にも行きづらい場所が多いから集客が難しくなります」

「俺もそう思う。となると、やっぱり魚は仕入れるしかないか……」

「そうですね」

なるべく新鮮なやつを……と続けようとした大地は、そこでふと、金森の父親のことを思い出した。

以前、大地が魚の捌き方を練習したいと言ったとき、彼と釣り仲間たちが捌き切れないほどの魚を釣ってきてくれた。その際に、金森の父親は、また練習したくなったらいつでも声をかけてくれ、と言った。大地は、さすがに申し訳なさすぎる、そう何度も釣果を横取りできないと慌てて断ったが、金森の父親はあっさり否定した。そして言ったのだ。

『俺たちはとにかく釣りたくて仕方がないんだ。腕の良いやつになればなるほど、その傾向は大きい。だが、食える量には限りがあるから、泣く泣くリリースしたり、釣るのをやめたりする。引き取ってくれるなら、むしろ大喜び。なんなら、海辺の釣り堀にでも出かけて釣りまくってもいい。さぞや日頃のストレスが発散されるだろうさ』

『海辺の釣り堀？　そんなものがあるんですか？』

『あるある。ちゃんと管理されてて、定期的に放流もしてるからどんどん釣れる。人によっては釣れすぎて面白くないって言う奴もいるが、俺はたまにはいいと思う。何にも考えずに、ぽいぽい釣り上げるのは楽しい』

大して上手くなくても熟練者みたいな気分になれるんだ、と金森の父親は嬉しそうに笑っていた。彼も、彼の釣り友だちも時間にはゆとりがある。彼らに頼めば、それなりの量の魚を揃えることはできるのではないか。しかも、金森の父親は魚を捌くのも上手い。以前、金森家の台所で魚を捌く練習をさせてもらったとき、途中で覗きに来た彼は、大地のあまりの下手さにやってみせてくれた。彼の協力を得られれば、少なくとも『魚の捌き方講座』の不安要素は激減するはずだ。

そう思った大地が金森の父親の話をしてみると、佐藤はちょっと考え込んだ。

「そんなにいい知り合いがいるのか。でも、さすがに迷惑なんじゃ……」

「どうでしょう？　第一回だからすごい大人数では無理ですよね？」

「確かに。参加者はマックス五十。でもそんなに集まるとは思えない。せいぜい三十ってところじゃないか？」

「友だちの親父さんは仲間が多くて、いつもみんなで釣りに行くんです。塩焼きにするとして一人一匹、全部で三十。それぐらいなら、なんとかなるかもしれません」

「そうか……じゃあ、悪いけどその人に訊いてみてくれ」

くれぐれも無理は言うなよ、と佐藤は念を押した。

「了解、早速訊いてみます。あ、でも、ついでにちょっとお願いが……」

そこで大地は、イベントのときに包丁やまな板、鱗取りといった魚を捌くときに使うグッズを並べさせてくれないか、と頼んでみた。『金森堂』の売上に繋がる可能性が少しでもあれば、さらに協力が得やすくなると思ったのだ。

「金物屋さんなのか。それなら包丁の扱いは慣れたものだ。ついでに研ぎ方講座も……」

「いや、さすがにそれは……」

「冗談だよ。さすがにそこまでは頼めない。やるとしたらまた別の機会にでも……」

「安心しました」

とにかく今は、捌き方と魚の調達について頼む、ということにして、大地はその場で金森に電話をかけることになった。

「へー、面白い企画だね。きっとうちの親父も喜ぶよ」

電話に出た金森は、例によって『キングオブいい人』ぶりを遺憾なく発揮、ふたつ返事で引き受けてくれた。それどころか、イベントには自分も参加したいとまで言い出した。

「何人参加するか知らないけど、たぶん会社の人たちは運営で手一杯だよね。本気で『野外飯』で参加者を唸らせたいなら、料理を手伝う人間が必要じゃない？」

日曜日の開催であれば、自分も参加できる。ぜひとも、と乞うように言われ、大地はうっかり涙ぐみそうになってしまった。

「ごめんな、金森……。正直、すごく助かる。いつもいつもありがとう」

「なに言ってるんだよ。うちの包丁がすごすぎて、『田沼スポーツ』のナイフがまったく売れなくなっても知らないからね」

そして金森は、初心者が捌きやすそうな小型の魚を用意するように頼んでみる、三十なら余裕だと思う、と言って電話を切った。

首尾は上々。当日の助っ人までゲットできた大地は、意気揚々と佐藤に報告した。

「捌き方の講師と当日のアシスタントを確保しました」

「それはよかった！　なんか泣きそうになってたから、断られでもしたかと思ったよ。で、魚は大丈夫そう？」

「もちろん。三十なら余裕だそうです。もういっそ百って言えばよかった」

「そんなにいらないよ。さっきも言ったけど、マックス五十だよ」

「佐藤さん、ずいぶん弱気じゃないですか？　グラウンドは広いんだから、いっそ百人ぐらいバーンと集めたらどうですか？」

大地に茶々を入れられ、佐藤は真顔で応える。

「気軽に参加してほしいから、極力参加費は取りたくないんだ。予算のこととか考えたら、百人も集められない。それに、うちの会社は都心からはちょっと離れてるだろ？　交通費だってかかる。五十人で募集したところで、全部は埋まらない。それを見越しての三十だよ」

「だったら百人で募集したって同じなんじゃ……」

「なに言ってるんだ。マジで百人も来ちゃったら困るじゃないか！」

来るわけない……と、大地は笑い出しそうになる。

佐藤自身、最初はせいぜい五十人、もしかしたら三十人ぐらいかも、と口にしたぐらいだ。このイベントに参加者が殺到するということは、それだけアウトドアレジャーに興味を持っている人が多いということだ。それが本当なら、アウトドア関連グッズはもっと売れているだろう。

キャパを百人にして全部埋まってしまった場合の心配をするなんて、佐藤は案外楽観的なのではないか。

とはいえ、それも、佐藤がこの企画に人を集め得る力があると考えている証拠かもしれない。佐藤、そして清村の今後のためにも、是非とも企画を成功させたい。そのためには、なにがなんでも参加者を唸らせる料理を作らねば……と、大地は身が引き締まる思いだった。

とりあえず、魚を捌いてそのあと……と、料理の段取りを考えていると、佐藤が声をかけてきた。

「それで勝山、献立は決まったのか？」

「だいたいのところは決めました。まず魚の塩焼き」

「ただの塩焼き？　旨いのは認めるが、料理としてはホイル焼きとかソテーのほうがいいんじゃない？」

その方が手間暇かけた感じがあるし、小洒落ているから若い客にうけるのではないか、と佐藤は眉根を寄せた。だが、大地の考えは違った。

「塩焼きって、インパクトがでかいんです。特に尾頭付きを串刺しで焼くのって、それだけ人目を引きます」

「そういえば、道の駅や高速道路のサービスエリアでもよく見るな……」

「でしょう？　目の前で焼かれたら、食べたくなってつい買っちゃうって人は多いと思いますよ。もしもそれが自分で捌いた魚だったらよけいに」

「いや、でもちょっと待てよ……。うっかり清村さんの考えに乗っちゃったけど、そもそも参加者に自分で魚を捌かせていいのか？」

のんびり料理を楽しみたい客に、魚の捌き方を教えるというのは根本的に間違っているのではないか、と佐藤は心配そうに言う。だが、大地の意見は違った。

「それこそ、日常からの解放ですよ。自分で魚を捌く人なんてそんなにいないでしょう？　しかも、どうかすると生きてる魚を絞めるところからですよ？　それに、やりたくなければやらなければいいだけのことです。そもそもイベント紹介に『魚の捌き方講座』って書いてあるんだから、それを目当てに来る人だっているでしょう」

魚の捌き方を知りたければやればいいし、魚なんて触るのも嫌、という人はそれでもい い。とにかく気ままに過ごしてもらえばいい、と大地は力説した。

「なるほど……確かに『気ままに過ごす』ってのはいいね」

声はかけるが、やりたくない人はパス。捌いた上に、自分で焼きたい人はそうすればいいし、誰かが焼いてくれたのを食べるだけというのもあり、まったく食べないのもありだろう。

「ってことで、メニューは焼き魚とローストビーフ、あとはシーフードたっぷりのリゾットとかパエリアの主食類。ちょっと焼きそばなんかも入れようかと思ってます。で、デザートとして焼きマシュマロとか。あ、果物を用意してマシュマロフォンデュもいいですね」

「マシュマロフォンデュ？　チーズじゃなくて？」

さっそく佐藤が食いついてきた。彼は酒も嗜むが、意外に甘いものも好きなのだ。マシュマロフォンデュという聞き慣れない料理をスルーできなかったのだろう。

「チーズフォンデュもいいですが、デザートにはやっぱり甘いものがいいでしょう？　チョコフォンデュは後片付けも大変だし、チョコって案外高いじゃないですか。目新しさにも欠けますしね。その点、牛乳とマシュマロでできるマシュマロフォンデュは安くて珍しい。アウトドアイベントにはもってこいです」

「牛乳とマシュマロか……面白そうだな」

「でしょ？　ってことで、マシュマロフォンデュ。あとは秋らしくカボチャ餡でも作りますか。クラッカーに載っけて食べると、けっこう良い感じのデザートになるんです」

本当は栗を煮潰してモンブラン風にしたいが、やっぱり予算の壁がある。その点、カボチャなら一個で大量の餡が作れるし、バターを利かせれば洋風になる。餃子の皮に包んでパイ風にしてもいい。ふたつのデザートを用意すれば、どちらかには手を伸ばしてもらえるのではないか——

大地の考えを聞いた佐藤は、感心したように言う。

「さすが末那高料理……」

「『包丁部』です！」

大地が即座に言い返し、お決まりの一幕は終了。

企画が着々と進んでいくこと、そしてまた金森と絡めることに密かな喜びを感じつつ、大地は実際に用意すべき食材の量を計算し始めた。

「参ったなあ……」

弱り切った顔で佐藤がパソコンから顔を上げたのは、『野外飯は旨い！』イベントが告知された日、午後七時のことだった。同時に、参加者の受付も始まった。

大地はその日、午後五時過ぎに取引先に行く用事があり、佐藤からは直帰してもいいと言われていた。だが、さすがに受付初日とあって気になって会社に戻ってきてしまった。

佐藤は佐藤で、他部署との打ち合わせがあって席に戻ったばかり、ふたりは仲良く額を寄せ合って、イベント告知ページを見ることになったのだ。

エンタメ系ならいざ知らず、こういった企業主催なおかつ初めてのイベントというのは、だれもなにも反応しない、というのがありがちだ。特に初日であれば、閲覧者カウンターはほとんど回らず、参加希望者もゼロ、というのが普通かもしれない。

ところが、ひとりでもいてくれないものか、と祈るような気持ちで開いた管理ページには予想とはまったく異なる数字が並んでいた。

「閲覧者カウンターが四桁だ。しかも参加希望者がすでに二十名……」

初日でこれなら十分、というよりも、キャパが五十人しかないことを考えれば、むしろピンチだった。

「これ、もしかしたら明日か明後日には五十人を超えちゃいますよ」

「まさか、マジで抽選？」

確かに、参加希望者多数の場合は抽選となります、とは添え書きした。けれど、清村も大地も、佐藤ですら抽選なんてあり得ないと思っていた。それなのに、初日でこの数字。本当に抽選となったら、前代未聞の珍事である。

なにせ、『田沼スポーツ』では、過去何度もアウトドアグッズの紹介イベントをおこなってきたが、小売業者相手ではない一般客向けのイベントが満席となったことはなかった。それどころか、あまりに参加者がいなくて閑散としすぎたため、急遽サクラとして若手社員たちが動員させられたほどだ。

学生時代、部員勧誘のためにサクラを使いまくっていた大地は、就職してまでこれかよ……と、がっかりしたぐらいだ。

「ヤラセなし、サクラなし、でガチの抽選……これはちょっと嬉しいな」

「いや、佐藤さん、喜んでる場合じゃないですよ。このままだと、マジで五十人の食事を俺たちだけで用意しなきゃならなくなります。人の手配は大丈夫なんですか？」

「あー……それな……確かに頭が痛い」

「スタッフ、どれぐらい確保できそうなんですか？」

「は？　確保って？」

「他の部署からも回してもらえるんですよね？」

「甘いなあ、勝山。我が社に限って、そんなことがあるわけないじゃないか」

自分のところから人を回さなければならないとしたら、こんなにスムーズに企画が進むわけがない。普段の商品紹介イベントですら、なんとか開催を阻止しようとする不届き者がいるほどなのだ、となぜか佐藤は自慢げに説明した。

「……てことは、この企画は、うちだけでやるってことですか？」

「うちだけってことはないよ。たぶん、清村さんのところは手伝ってくれるはず」

「開発部ですか……」

言ってはなんだが、開発部のメンバーが接客に向いているとは思えない。彼らを俄（にわか）執事に仕立てるのは、さぞや大変だろう。それなら調理を手伝ってもらえばいいようなものだが、そもそも魚を捌くのにメスを持ち出すようなメンバーたちだ。どれほど戦力になるか、疑問でしかなかった。

顔色を曇らせた大地を見て、佐藤は申し訳なさそうに言う。

「すまない。手が足りないことは最初からわかってた。だからこそキャパを五十にしたんだ。とはいっても、まあ三十人ぐらい応募してくれれば御の字。三十人ならどうにかなるだろうって」

だが、五十人となるとそうはいかない。かといって、抽選で三十人に絞って、それがバレたら大変なことになると佐藤は頭を抱えた。

「バレますかね？」

「バレるにきまってるだろ。どうせイベントについては、あとでうちのサイトにアップする。参加者だってそれぞれSNSに写真を載せたりするだろう。会場全体の写真でもあげられた日には、抽選に漏れた人間が見て、あれ？　五十人もいないぞ、ってなりかねない。そうなったら一発炎上だ」

特に今回は無料参加イベントだ。人数を絞ったのは経費削減のためだ、なんてあちこちのSNSに書かれたら、企業イメージは最悪になる。言われてみれば、佐藤の心配はもっともなものだった。

ここに至って大地は、この件を依頼したときの金森の言葉を思い出した。彼は企画概要を聞いただけで、スタッフが足りないはずだから自分も手伝いに行く、と言ってくれた。さすがというよりも、恐るべし金森、と言いたくなるレベルだった。

一方、話を聞いた清村はひどく呑気な発言をした。

「三十も五十も大して変わらないだろう？　作業としては、参加者の名前をチェックして会場に誘導、あとは適当に……」

「清村さん、適当じゃ済まないから困ってるんです。テーマは日常からの解放なんですよ？　スタッフに求められるのは執事、あるいはホストクラブ的なにかです」

「ホストクラブ的……」

そこで大地は、ぶほっと噴き出した。銀盆を片手に、客の前で跪く清村を想像してしまったからだ。このおっさんに跪かれても客は困り果てるだけだろう。大ピンチもいいところだった。

声にならない笑いにもだえる大地を尻目に、佐藤はなおも説明を続ける。

「いいですか？　五十名を一度にまかなえるような巨大なコンロはありません。どうしたってグループ分けが必要になります。うちで扱っている一番大きなタイプでも八名用、今のところ、女性の参加者が多そうだし、女性は馬鹿食いなんてしないって前提でも十人が限度です。五十名を十名ずつに分けるとしたら五班、そのそれぞれに料理スタッフと給仕スタッフをつけたらそれだけで十人ですよ？」

そういう問題なんだろうか……と、大地は首を傾げる。

ものすごく大食いはいないかもしれないが、場の空気が読めない参加者はいそうだ。

この食材は人気がありそうだからちょっと控えて、とか、こっちが余ってるみたいだからこれを食べておこう、なんて考えない可能性が高い。各々が欲求の赴くままにあれがほしい、これがほしい、と言い出したら、コンロの大きさ以前に対応するスタッフのキャパシティーが問われる。佐藤ではないが、執事やホスト並みの臨機応変さが要求されるに違いない。

開発部メンバーは、そういった臨機応変さから一番遠いし、人当たりの良さが持ち味の営業部メンバーにしても、一般客相手にどこまで対応できるのか……

今回のイベントは、料理は下準備だけまとめてしておいて、実際の調理は各班に分かれておこなうことにした。そのほうが参加者が間近で料理を見られるし、出来たてを食べてもらいやすいと考えたからだ。

五十人の参加者ならコンロの数は最低でも七、一般的なファミリーサイズを使うなら十個以上必要になる。火の番をする人間はコンロの数だけ必要だし、行き届いたサービスを目指すならもうひとり付けるべきだ。となると、それだけで二十人以上のスタッフが必要となってしまう。人数が足りないのは火を見るより明らかだった。

人繰りに悩む大地と佐藤を見て、清村が呟く。

「思い付きで走り出した企画ほど、質の悪いものはないな……」

あんたが言うな、あんたが！

思わず口から出かかった台詞を、大地はなんとか飲み下した。

いずれにしても企画はもう動き出したし、募集だって始まっているのだ。今更できませんでは通らない。大地は学生時代ずっと喫茶店でアルバイトをしていたから、他の人間よりは執事ごっこは上手いはずだ。

幸い、今回予定している料理は、そんなに手の込んだものではない。下準備さえしっかりしておけば、経験がなくてもなんとかなる。あまりに難しいと、ちょっとやってみようかな、と思ってもらえないからだ。

この際、給仕がこなせそうにない人間に料理を任せ、自分が執事軍団の指揮を執るしかない。いささか不安ではあるが、素養のない人間を執事にするよりは、俄料理人のほうが仕立てやすいに違いない。

「開発部は料理、営業部は接客ってことにしましょう」

「うちの連中が料理番？　大丈夫か？」

「仕込みは全部、イベントが始まる前にやっておきます。火にかけてからの手順もマニュアルを作って渡します。それならなんとかなるでしょう？」

大地の意見を聞いた清村は、ちょっと安心したように言った。

「そうしてもらえると助かる。客にしたって、俺たちに傅かれても嬉しくないだろうし」

佐藤は佐藤で、忌憚がなさすぎる意見を言う。

「嬉しい、嬉しくない以前の問題、むしろ恐怖ですよ。あ、もちろん俺たちにとって、です。なにかやらかして参加者を怒らせるのではないか、と心配で、こっちまでぼろぼろになりそうです」

そうならなくて本当に良かった、と安堵する佐藤に、清村はつまらなそうに言う。

「悪かったな。おまえのことだから、自分は給仕にぴったりだとでも思ってるんだろう？　ま、せいぜい執事よろしく、あっちこっちの王女様に仕えまくってくれ」

王女様がアウトドアイベントに集まってくるとは思えない。そんなことになったら、ロングドレスの裾は泥まみれ、コンロの火が移ったりしないかといらぬ心配ばかりが増えそうだった。

なにより、たとえ王女様が群れをなして参加してきたとしても、佐藤に対応させるのはいかがなものか……

ところが当の佐藤は、やけに嬉しそうにしている。

「王女様がたくさん……それはちょっと楽しそう」

「それはなしです。佐藤さんも、どっちかっていうと料理のほうをお願いしたいです」

止めに入った大地に、清村はきょとんとし、佐藤はあからさまに不満な顔をした。

「なんでだよ。田沼スポーツきっての営業マンだぞ。俺を客前に出さないなんて、宝の持ち腐れじゃないか」

「自分で言うな！」とはいえ、事実は事実だ。勝山、佐藤はどう考えても料理人より執事やホスト向きだぞ？」

「だからですよ。佐藤さんみたいな人が班についたら、そこの班はよくても、周りから文句が出かねません。なんであそこにだけ！　とか女性たちに詰め寄られるのは嫌です」

俄執事の中にひとりだけピカイチが混ざったら、両者の差が歴然となってしまう。今回に限って言えば、掃き溜めに鶴は迷惑以外の何物でもなかった。

「佐藤さんには清村課長と一緒に『魚の捌き方講座』で頑張っていただきます」

「えーでも勝山、俺、真面目に魚なんて捌けないぞ？」

「それが狙いです。ど、ど、ど、ど素人が、初めて包丁を握って魚を捌く。さぞや、周りの士気を高めてくれるでしょう」

「確かに俺は素人だけど、いくらなんでも『ど』が多すぎだ！」

「まあそう怒るな、佐藤。すごく良いアイデアじゃないか。周りだって、あいつができるなら俺にも……って思うだろうさ」

「でしょう？　それに、もしかしたら『あら、案外不器用なのね……』とか、女性の参加者が萌えてくれるかも」

「なら、やる」

　さすが佐藤、手のひら返しの早さたるや、呆れんばかりだった。

「となると、あとはスタッフの振り分け、そして当日の流れの把握ですね」

「なんとかなってくれよ」

「清村さん、なんとかなる、じゃなくて、なんとかする、でしょ？」

「おう！」

　佐藤と清村が話し続ける中、大地は既に営業部や開発部のメンバーを思い浮かべ、喫茶店でのアルバイト時代さながら『キッチン』と『ホール』に分け始めた。そしてすぐに、絶望的な気分になる。営業部と開発部、両方合わせて四十人近いが、スタッフとして必要なのは班に付ける人間だけではない。どう考えても絶対数が不足していた。

驚いた佐藤が訊ねる。

「どうした？　まさか営業部の面子に不安があるわけじゃないよな？　販売店の相手はできても、一般客の相手はできそうにない、とか？　それなら心配ないぞ」

「そうそう。販売店も王女様の群れも大して変わらん」

客の機嫌を取るという意味では、販売店だろうとイベント参加者だろうと変わりはない。いざとなったら参加者ひとりひとりにコッヘルを持たせ、テントを背負わせて帰る勢いで臨ませろ、アウトドアグッズの売り込みならお手のものだろう、と清村は無責任極まりない発言をする。

早速佐藤が突っ込んだ。

「王女様が、そんなものを担いで帰るわけがないでしょう」

「肉体派の王女がいないとは限らん」

「いません、てか、いてほしくない」

「じゃあ、俄執事に背負わせて家まで送れ」

「勘弁してください。下手したらストーカー扱いされます！」

「執事なんてストーカーみたいなもんだろ」

「執事への侮辱です」

「心配するな、どっちにしてもおまえは魚屋だ」

エンドレスで続いていく掛け合いに、大地はいよいよ逃げ出したくなってしまう。

けれど、清村には危機感皆無、佐藤はその清村に振り回されっぱなし。ここで踏ん張って結果を出さない限り、清村は性悪田沼常務の思惑どおりにされてしまう。

とにかく、俺がやるしかない！

のっぴきならない状況に、不思議な高揚と一抹の懐かしさを覚える。学生時代、時々こんな高揚を味わった。もっとも、その高揚は時々とんでもない空回りに終わり、六十パーセントの確率で『とほほ』を連れてきた。今回はそうならないことを、大地はただただ祈るばかりだった。

＊＊＊＊＊

幸い『とほほ』な気分に陥ることなく、イベントの準備は進んでいった。

正確に言えば、そんな暇などなかったというのが正解だ。なぜなら『キッチン』と『ホール』を両方回せる人間として、大地が『野外飯は旨い！』イベントの責任者を任されてしまったからだ。

成り行き上、十分予想の範囲内ではあったが、いざ進行表に実施責任者として自分の名前が記されているのを見ると、いささか恐い気持ちになってしまう。

佐藤は、ひどくすまなそうな顔で言う。

「悪いな、勝山。全部押しつけちまって……」

もしもあの焼き肉食い放題のときに巻き添えにしなければ、大地はこんな騒動とは無縁でいられた。少なくとも、営業部としてスタッフで参加することはあっても、責任者にされることなどなかったはずだ……と佐藤はしきりに謝る。

けれど大地は、恐いと思う反面、ここにあるのが清村や佐藤の名前ではなかったことにほっとしていた。

自分は今年入社したばかりの新人だ。多少失敗したところで、大々的に責任を追及されたりしないはずだ。むしろ、会社としては『ダメ元上等、どーんと、やったらんかい！』的な要素を含んでいるに違いない。これは偏に、企画会議段階から、そういう雰囲気を作り上げてくれた佐藤の功績だった。

「そんなことは気にしないでください。俺、こういうドタバタ騒ぎには慣れてるし、けっこう好きなんです。なんとしてでも成功させて、清村課長には開発の仕事を続けてもらうんです。田沼常務に一泡吹かせてやりましょう」

「そう上手くいくかな……。それよりおまえ、ずいぶん熱心だな」

「だって、清村課長が飛ばされて、うっかり営業部に来ちゃったら大変じゃないですか」

そこで佐藤は、啞然として大地を見た。

「考えたこともなかった……確かに、迷惑すぎる」

「でしょ？　俺、あの人と一緒にやっていける自信はありません」

「俺だってこりごりだ」

離れていてもこれだけ迷惑を被るんだから、側にいたらどうなることか。早々に開発部に駄目出しされてよかった、と佐藤はしみじみしている。

そんな佐藤を見ながら、大地は思う。

清村と一緒にやっていける自信はない、というのは半分ぐらい嘘だ。

正直、最初は、とんでもない人と引き合わされたと思った。だが、何度か接するうちに、清村はものすごく興味深い、しかもけっこう憎めない人物だとわかってきた。妻の沙也佳だって相当魅力的だ。あの夫婦から得るものは決して小さくないはずだ。

　そしてそれは自分だけではなく佐藤も感じていることだ、と大地は思っていた。さもなければ、プライベートで付き合うはずがない。おそらく佐藤は、清村という人間そのものが大好きなのだろう。

「……ってことで、せいぜい頑張りましょう。俺、こう見えても逆境には強いし、お祭り騒ぎも大好きなんです」

「学生時代ならまだしも今回は仕事、しかも、どうかしたら王女様のお相手だぞ？　さすがにお祭り騒ぎとは言えないんじゃないか？」

「イベントは基本全部、お祭りですよ。お祭り騒ぎで給料ももらえるなんて、素晴らしすぎです」

「前向きだなあ……おまえは」

　佐藤は苦笑交じりに言うが、目尻は思いっきり下がっている。続いて、俺にできることがあったらなんでも……と言われ、大地はにやりと笑った。

「あ、じゃあ……今月の佐藤さんの売上、ちょっと俺のほうに……」

「馬鹿野郎。それとこれとは話が違う。さっさと取引先回りに行ってこい！」

　最後の最後で尻を蹴飛ばされ、大地はビジネスバッグを摑んで営業部を出る。時刻は午後三時を回ったところ、一、二ヶ所回ったあと、『金森堂』に行ってみよう。今回のイベントは『金森堂』の協力が前提だ。業務打ち合わせということで、大手を振って訪問できるだろう。

　内心ほくほくしながら電車に揺られ、『金森堂』の最寄り駅に到着した大地は、改札を出たところで後ろから声をかけられた。

「お、勝山君じゃないか！」

「あ、お父さん！　こんにちは！」

　お父さんとは言っても、もちろん大地の父ではない。そこにいたのは、最近お世話になりっぱなしの金森の父親だった。

「うちに来てくれるところだったのか？　それとも……」

「もちろん、行き先は『金森堂』です。それより、すみません、無理なお願いばっかりして……」

「無理なお願い？　もしかして例のイベントのことか？　それならむしろ、こっちが礼を言いたいぐらいだよ」

　金森の父親は、ひどく嬉しそうに言いながら『金森堂』に向けて歩き出した。足取りも確か、というか大股（おおまた）でどっすどっすと歩いていくから、ついていくのが大変なほどだ。

　どうして俺の周りはこうも元気な年寄りばっかりなんだ、と思いかけて、さすがに清村を年寄りの範疇にぶち込むのは失礼すぎる、と苦笑いした。

それを見た金森の父親が、怪訝そうに訊く。

「なんだよ、気味が悪いな」

「すみません。ちょっと思い出し笑いを。それよりも、魚のほうは大丈夫そうですか？　最初三十ぐらいって言ってたのに、結局五十ってことになっちゃって……」

重ね重ね申し訳ない、と頭を下げっぱなしになる大地に、彼は豪快に笑った。

「確かに五十はきついな、とちょっと思った。でも、日程が味方してくれたよ」

なんでも、イベント開催日前日の十一月三日は土曜日、しかも半年以上前から、みんなで釣りに行こうと申し合わせていた日らしい。

釣り仲間たちの大半は、すでに定年退職済みらしく時間には比較的余裕があるが、中には現役で仕事をしている人間もいる。たまにはみんな揃って釣りに行きたいとなると、どうしても週末になってしまうが、週末は週末でいろんな用事が立て込んで予定を合わせづらい。

そんな中、なんとかみんなの都合が合ったのが、十一月三日だったそうだ。

「ちょうど海釣りに行こうって話になってて、車を何台も連ねて房総に出かけるんだ。人数も二十人近い。朝一で海に行ってしばらく釣ったあと、海釣りセンターに寄ることにしたよ」

「そんな大事な日に海釣りセンターって……」

　釣りが好きな人間がたくさん集まるなら、時間ぎりぎりまで海釣りにチャレンジしたいのではないか。竿を替えたり、ルアーを替えたりすれば、いろいろな魚に挑めるのに、と心配する大地に、金森の父親はにやりと笑って言う。

「今回は連休だし、一日がかりってことになってるから、家族連れもいるんだ。子どもどころか、孫を連れてくる者までいる。帰りに釣り堀に寄れば、小さい子どもも楽しめるって腹だ」

「あ、そうなんですか……」

「連中、上手いからそうはならないとは思うが、万が一海釣りが坊主でも、さすがに釣り堀なら心配ない。家族の前でも良いところを見せられるし、チビどもに釣りの面白さも教えられる。『祖父ちゃん、釣りって面白いね！』なんて言われてやに下がる奴らが目に浮かぶよ」

　休みになるたびにひとりで釣りに行ってしまう、と眉を顰める奥さん連中も、子どもの面倒を見てくれるとなったら喜んで送り出してくれるに違いない、と金森の父親は断言した。

「二十人のメンバーに家族まで入れて四十人近くになる。三十はもちろん五十だってそんなに大変な数じゃないさ」

「それを聞いて安心しました。実は俺、せっかくの釣果を軒並み奪い取るようなことになるんじゃないかと、気にしてたんです」

「そんな心配はいらないって前も言っただろう？　それにキャンプをする人間が増えることは、金物屋にとっても嬉しいことなんだ。うちでもけっこうアウトドア関連のものは扱ってるしな。うちの跡取りもあんたの影響か、最近そっち方面の充実に頑張ってる。せっかくなら上手くいってほしいんだよ」

「そう言っていただけると、気が楽になります」

「ってことで、共存共栄を目指して頑張ろうぜ」

背中をバンと叩かれ、むせそうになりながら大地は金森の父親と並んで『金森堂』を目指す。

数分で到着した店先では、旧友がせっせと働いていた。

「かっなもりー！」

「あ、勝山君！」

よく来てくれたね、と見慣れた笑顔で迎えられ、大地もにこにこ笑う。

ところが次の瞬間、そんな大地をさらににこにこさせるような言葉が、金森の口から飛び出してきた。

「今度のイベント、みんなも手伝ってくれるそうだよ」

みんなって？　と首を傾げる大地に、金森は勝手に連絡したことを詫びつつ答えた。

「『包丁部』の後輩たち。実はこの前、現役部員たちが何人かまとまって来てくれたんだ。包丁を一度ちゃんと研ぎ直してほしいって」

『包丁部』で使われている包丁は、部員たちが手入れをしているが、そこはやはり素人の悲しさで、時が経つにつれて徐々に切れ味が落ちていく。そのため、定期的に『金森堂』に持ち込んで、研ぎ直してもらっているそうだ。

大地が現役だったときは、包丁研ぎに命をかけているような先輩がいたし、その先輩が卒業したあとは金森が引き継いだおかげで、切れ味が鈍ることなどはなかった。だが、いかに『包丁部』といえども玄人跣（くろうとはだし）の研ぎ手がそうそう現れるわけがない。プロの手を借りに来るのは当然の経緯だろう。

「やけに後輩たちの動向に詳しいと思ったら、そういう事情だったのか……」

「そういうこと。で、彼らなら手伝ってくれるんじゃないかと思って訊いてみたんだ」

どう考えてもスタッフが足りない。『包丁部』のメンバーなら料理には日頃から親しんという。

でいるし、大地の手伝いができるのではないか、と考えた金森は助っ人を要請してくれた

これ以上にない、というほどありがたい話なのに、当の本人は申し訳なさそうに言う。

「勝手なことをしてごめんね。彼らの顔を見て急に思い付いちゃったんだ。迷惑なようなら、俺から断るから……」

「とんでもない！　渡りに船……じゃなくて地獄で仏だよ。そもそも飲食やサービス関係じゃない会社の人間に、俄執事になれっていうのが無理なんだけどな」

「執事……しかも俄って？」

そこで大地は『俄執事』なる言葉が登場した経緯について説明した。

執事とアウトドアってミスマッチっぽくない？　なんて首を傾げながらも、金森はとにかく俄執事は難しいということ自体には同意してくれた。そして、それを前提に更なる疑問を呈す。

「でもさ、今の話だと足りないのは料理人じゃなくて執事というか、ウエイターじゃない？　いっそ後輩たちをそっちに回す？　この間来てくれたのは現役の部長だったんだけど、十人ぐらいは調達できそうだって言ってたよ」

「いや、彼らが来てくれるなら下拵えを手伝ってもらうよ。野菜を切るだけでも大変な量

だし、手慣れた人がいてくれると助かる」

「まあ確かに。彼らにしても、ウエイター役じゃつまらないだろうしね」

学校の調理実習室で火を熾して料理を作るわけにはいかない。直火や炭火を扱うアウトドア料理だからこそ、彼らは興味を示してくれたのだろう、と金森は推測した。

『包丁部』の後輩が十人も来てくれるなら、人員計画は一気に明るくなる。各班に十分な人数を配置できれば、失敗だって少なくなるだろう。

あとは、『俄執事』たちのマイナス点を補えるだけの美味しい料理を出せれば、参加者の満足を得られる。料理人の数が増えれば、今よりももう少し料理の品数を増やすこともできるだろう。いろいろな料理を紹介できれば、キャンプに行けばこんな料理も食べられる、ちょっとやってみようか、と考える人も増えるかもしれない。

不安の闇たっぷりの中に微か(かす)な光明、という状態で、イベント計画は若干の修正が加えられることになった。

第七話　いざ、本番！

イベント前日、眠れない夜を過ごした大地は、朝方になってうっかり眠り込み、気付いたときにはスタッフ集合時間に危うく遅刻という時刻になっていた。

時計を見て青ざめ、記録的速さで身支度を済ませる。それでも食事を取るほどのゆとりはなく、大慌てで駅に向かった。

休日かつ服装がアウトドア活動向きのラフなものだったのが幸いして、駅までの道を猛ダッシュ、なんとか遅刻せずに済む電車に駆け込むことができた。

本当は一番乗りし、会場チェックを済ませて悠々とスタッフたちを迎えたかったし、責任者としてはそれが当然でもあるのに、実際に会場に着いたのは大地が最後、申し訳なさと情けなさで一杯になっていると、佐藤が声をかけてきた。

「お、真打ち登場。遅かったな」

「すみません……」

「眠れなかったんだろ？　案外小心者だな」

「案外って……。ってか、普通そうなるでしょ！」

正直、イベントの責任者を俺に押しつけたくせに、と恨む気持ちがないではない。それでも、佐藤の気持ちも立場も十分わかっているし、清村を助けるためにはこの布陣がベストなのだ。とにかく、今日のイベントを成功させること、今はそれだけだった。

「えーっと……俺の友だち連中ってもう？」

「とっくに来ているよ。すごいよな、彼ら。目茶苦茶大騒ぎしてるのに、全然手が止まらない」

佐藤の言葉で調理用に立てられたテントに目をやると、そこでは既に、金森を中心に後輩連中が調理を始めていた。確かに、遠目にも『大騒ぎ』している様子が手に取るようにわかる。もちろん、大騒ぎといっても阿鼻叫喚的な騒ぎではなく、いかにも男子高らしいノリで軽口を交わしながら作業を進めているだけのこと。そしてそれは、大地にとっては堪らなく懐かしい風景だった。

「変わらないなあ……」

思わず口から漏れた台詞に、佐藤も羨ましそうに言う。

「ずっとあんな感じだったのか？　だとしたら、すごく楽しかっただろうな……」

「ずっとあんなでした。だから、すごく楽しかった。なんだかんだ言ってずっと料理に関わってきたのも、あの楽しさがあったからです」

陸上をやっていた経験から、スポーツ用品に馴染みが深いと思って選んだ就職先なのに、実際はコッヘルで煮炊きを繰り返した挙げ句、『料理イベント』を仕切らされている。人間、どんな経験がどこで生きるかなんてわからないものだな、と考えていると、金森がこちらを見た。

「勝山くーん！」

「ほら、呼んでるぞ。さっさとあっち行って合流してこい」

「でも、他にも準備とか点検とか……」

「それは俺に任せとけ。名目上の責任者はおまえだけど、言い出しっぺは俺。せっかくおまえの仲間が来てくれてるんだから、イベントが始まるまでは俺がカバーするよ」

だから、せいぜい旧交を温めてこい、と佐藤は嬉しい申し出をしてくれた。

「ありがとうございます！」

言うが早いか、調理用テントにすっ飛んでいく大地を、佐藤の元気な笑い声が追いかけてきた。

「それはいいけど、大丈夫？　勝山君、目が真っ赤だよ？」

「遅くなってごめん！」

「ちょっと寝られなくて」

「らしいねえ……。でも、大丈夫だよ。今日はきっと上手くいく」

「ちょ……何を根拠に？」

「うーん……勘？　っていうのは冗談だけど、みんな動きがいいし、やるべきことはちゃんとわかってるみたいだ。勝山君、会社の人が使えないようなこと言ってたから、心配してたんだけど、これなら問題ないよ」

動きがいい、と金森は言うが、実際に客を前にして同じようなことができる保証はない。ところが、不安に取りつかれっぱなしの大地に、金森は一枚のコピー用紙を見せてくれた。

「これ、さっき配られたんだけど、急拵えみたいだし、勝山君はまだ見てないんじゃない？」

なんだろう、と思いつつ文字を追ってみる。するとそこには、本日の流れと想定されるトラブル、そして対応策が詳細に書き込まれていた。

「自分で対応できないと思った場合の助っ人の呼び方まで書いてあるよ。責任者の勝山君の携帯番号も。でもこれ、俺が知らない番号だから会社から貸与された携帯かな？」

「あ、うん……。さすがに個人番号をこういうとこに晒されても困るし」

「だろうね。それに、勝山君だけじゃなく、『佐藤』って人と『清村（係）』って人の番号も書いてある。三人いれば、誰かは駆けつけられるよね」

『清村（係）』の（係）は係長を意味するのだろう。ということは、トラブル対応に沙也佳も手を貸してくれるということだ。総務課は今日のイベントにノータッチのはずなのに、こんなところで手助けしてくれるなんて、嬉しい驚きだった。

「清村さんって、あの女の人のこと？　ずっと、マナー講座みたいなことやってるけど……」

「え？」

どういうことだ、と見回すと、確かにグラウンドの一角に営業部を中心とするメンバーが集められ、お盆を手に水が入った紙コップらしきものを運ぶ練習をしている。やけに沙也佳は楽しそうだし、口をぱくぱくやっているから、執事っぽい言葉遣いの練習でもやらせているのだろう。『お帰りなさいませ、お嬢様』とかなんとか……。想像するとちょっと頭痛が起きそうだが、案外客受けはするのかもしれない。

「清村係長、悪のりしちゃったんだな……。ところで、他の料理スタッフは？」

俄執事よりはマシだろう、ということで開発部のメンバーが料理関連に割り振られた。

だが、調理用のテントはおろか、グラウンドを端から端まで見渡しても、彼らの姿はなかった。

「さっきまでいたよ。でも、なんか上司っぽい人が来て連れてった」

上司っぽい人と言えば、清村しか思い浮かばない。社外の人間に料理を任せきりにして、いったい何をやってるんだ、と焦り半分、怒り半分で大地は金森に頭を下げまくった。

「ごめん。その人、たぶん開発の課長だ。ちょっと探して……」

「いや、いいよ。下拵えはもう終わってるし」

テーブル付きの料理人、つまり開発部員たちの主な仕事は、バーベキューコンロの世話だ。だがそれは、イベントが始まってからのこと、野菜や肉の下準備はもう終わったから、彼らの手は必要ないのだ、と金森は言う。

「それにしたって……。おまえらを置き去りって！」

「そんなこと気にしなくていいよ」

むしろ身内ばっかりのほうが気楽でいい、と言い切ったあと、金森や後輩たちは、使った調理器具をまとめ始めた。使ったものを開発室に運んで、洗っておくつもりなのだろう。

「洗い物なら俺も手伝うよ」

清村たちが開発室で何をやっているのかも気になる。いや、気になるのを通り越して、心配でしかない。大地は、金森たちと一緒に調理器具を抱えて第二開発室に向かった。

「なんだこれ⁉」

建物の中に入ったとたん、感じたのは煙の臭いだった。だがそれは、単なる燃焼、炭化作用に伴うものではなく、どこか良い香りだ。大地と同じく、鼻をひくひくさせていた後輩のひとりが言った。

「これ、サクラチップの匂いだ。もしかしたら燻製を作ってるんじゃないですか？」

その言葉が終わるか終わらないかのうちに一同は開発室に到着、大地は勢いよくドアを開けた。

後輩の予想どおり、コンロの上に段ボール製の箱が載せられている。テレビの通販番組でよく紹介されている燻製キットに似ているが、箱に書かれているのは飲料水やお菓子の名前……どうやら清村たちが自作したものらしい。

部屋の中には廊下以上に煙が充満、開発部員たちは仕事用の保護サングラスをかけて、もくもくと煙を吐き続ける段ボール箱を凝視している。

つかつかと中に入り込み、大地は清村に食ってかかった。

「もうすぐイベントが始まるっていうのに、なにをやってるんですか⁉」

「あ、勝山か。いや、あまりにもそこら中がアウトドア色満載で、つい燻製を作ってみたくなってな。原理的には箱の中でチップを燃やして燻せばいいだけだろ？　それならできそうだって……」

「できそうとできるは全然違います。それに、燻製ならいいつまみになる。あとでまた宴会でもしようと思ってたんでしょう！」

「バレたか……。だが、別に俺たちだけのためじゃないぞ。これはあれだ、打ち上げ用？」

「どっちにしたって、イベント用じゃないでしょう！」

「いやいや、上手く作れればそのまま参加者に提供してもいいぞ」

「上手くできたんですか？」

「できたに決まってる。そろそろいい頃合だからちょっと見てみよう」

清村は自信満々で段ボール箱を開け、中身から皿を取り出した。

「……これ、成功なんですか？」

「う……」

さっきまでの自信満々な態度はどこへやら、清村は眉根を寄せてアルミ皿を見ている。

それもそのはず、皿の上に載っていたのは溶けて形がなくなったチーズと鶏のササミだった。それでも、気を取り直したように、大事なのは味だ、とスプーンを持ち出しチーズの一部を口に運ぶ。同時に、大地にも目で試食を強要してくる。やむなく、大地はササミを指でつまんだ。

文字どおり『形無し』のチーズと異なり、ササミはきれいな燻製色に仕上がっている。酒のつまみとして売られているササミの燻製と変わりないから、きっと味もそれなりだろう。

ところがそんな期待はササミを齧った瞬間、あっけなく砕け散った。

「えぐい……」

「そんなはずは……」

大地の言葉を疑いつつ、もう一本のササミを食べてみた清村が肩を落として言う。

「えぐいだけじゃなくて、酸っぱい。これは完全に失敗だ……」

「しかも、部屋の中は煙だらけ……なんで外でやらないんですか！」

「いや、最近のは家の中でも大丈夫だっていうから……」

清村が燻製を作ろうと思い付いたのは昨日の夜のことだそうだ。

燻製機なら『田沼スポーツ』も扱っているし、デモ用のものもある。清村も最初はデモ用の燻製機を使うつもりだったらしい。だが、調べてみるとあいにくデモ用の燻製機は販売店に貸し出し中で使えない。それでも燻製を肴に一杯……があきらめきれず、清村は自作を試みた。構造はシンプルだし、作れないこともないだろうと思ったそうだ。いかにも開発部らしい話ではある。

そこから大騒ぎで作り始め、日付が変わる前に完成、食材はすでに部下に買いに走らせてあったから準備は万端となった。実験なしの一発本番だが、まあ失敗はしないだろう、ということで清村たちは帰宅してしまったそうだ。

そして、今日になって、いざやってみたら密閉が甘かったせいか煙は漏れ放題、なかなか目標の燻製色に至らず長時間燻し続けた結果、チーズは溶け、ササミはえぐみと酸味たっぷりになってしまった。チーズを燻製にするときは溶けにくいタイプのチーズを使うのが鉄則、ササミなどの肉類は水分が残るとえぐみが出るから乾燥が必須なのにそれもしなかった。

大地に言わせれば、それで成功すると思うほうが信じられなかった。

「いやー……、見た目はそっくりにできたんだけどなあ」

清村は件の燻製機を眺めつつ、頭を掻く。大地はもちろん、後輩たちも呆れ果てている。両手に調理器具を持っていたひとりが、小声で訊ねてきた。

「この人たち、開発部メンバーですよね？　大丈夫なんですか、これで……？」

こっちが訊きてぇよ、と返したくなるが、そうもいかない。やむなく、曖昧な笑みで答える。

「これは単なるお遊びだ。仕事となったら目の色が変わるから、大丈夫だ」

そのあとで、小さく付け加えた『たぶん……』という言葉は、大地の心の声だった。

「密閉性に問題があったってことだな。だが、そこをクリアすれば加熱時間も短くなるし、溶けにくいタイプのチーズを使えばもうちゃんとしたスモークチーズができるだろう。肉も次回はしっかり乾燥させよう」

あくまで燻製をあきらめない気か……とため息が出そうになるが、オリジナルの燻製機、しかも室内で使えるタイプとなったら、アウトドアレジャーとは無縁の人だって買ってくれるかもしれない。

窓という窓を開け、換気扇を最強で回して煙の追い出しを図る。なんとか室内から煙が消えたころには、大地たちの洗い物も終了、イベントまであと一時間、参加者の受付開始まで三十分という時刻になっていた。

「よかったわね。いいお天気で」

参加者の受付場所となっている本部テントの前で、沙也佳が空を見上げて言う。

秋の終わりらしい真っ青な空、空気はいささか冷たいけれど、イベントの開始は午前十一時だからそのころにはちょうど良くなっているだろう。

スタッフの配置確認、コンロの設置、食材の配置なども既に終わっている。唯一、捌く練習をするための魚だけは各班には配られていないが、これは別に設置したテーブルで金森親子が実演することになっているので問題ない。

心配された魚も、アジの大群が回ってきたそうで、入れ食い状態。大人から小学生の子どもまで次々と釣り上げたという。二十人が釣りに釣って、総数が百五十に至ったところで、もう十分だということで、大物釣りに切り替えたらしい。その後も、竿やルアー、場所も変えて挑み続け、カワハギやカンパチ、イカ、とうとうヒラメを釣り上げた者もいたというから相当潮の加減が良かったのだろう。

いずれにしても、魚を捌く練習にもってこいと言われるアジを五十四、いや予備も含めて六十四も調達できた。大地はただ、金森の父親と仲間たちに感謝するばかりだった。

「なんか、いろいろ順調すぎて恐いぐらいです」

準備に四苦八苦したイベントは意外に順調に流れる。反面、スムーズに整った場合、予期せぬアクシデントが起こりがちになる。心して進行を見守らねば、と大地は気を引きしめた。

緊張が顔に出たのか、沙也佳が小さく笑った。

「そんなに引きつらなくても、大丈夫よ。佐藤君はアウトドアイベントには慣れてるし、たいていのトラブルなら対処方法も知ってるはずよ」

さっき配ったマニュアルも、半分以上佐藤に手伝ってもらって作ったものだ、と沙也佳は言う。

「山や川に出かけてテントを張るわけでもない。今日はただのデイキャンプ、いいえ、それ以下よね？　彼の知識で対応できないようなことは起こりっこないわ」

「そうなんですか？」

どうやら沙也佳は、佐藤に絶対的信頼を置いているらしい。なぜそこまで……と首を傾げる大地に、沙也佳は種明かしをしてくれた。

「当たり前じゃない。だって彼、学生時代に登山大会で優勝してるのよ？」

「そんな話は聞いてません！　あの人、登山部じゃなくて冒険部だって言い張ってたし……」

「あー確かにそれはいつも言ってるわね。でもそれって、勝山君の『包丁部』と同じようなものだと思うけど」

実態は料理部なのに『包丁部』という名称にこだわる。佐藤が『冒険部』というのも、自分が所属していた部に対する愛着があってこそに違いない。登山大会というのはおおむねグループでの参加となる。アウトドアに関して生え抜きである佐藤だけではなく、他の部員たちも含めて優勝できるほどの技能を身につけられたのであれば、活動の実態は登山部だったのだろう、と沙也佳は分析した。

「時々、うちの取引先で登山のイベントが企画されることがあるんだけど、佐藤君は引っ張りだこよ。なんとか手を貸してくれないか、スタッフが無理なら参加するだけでも……とか。佐藤君は断るのに苦労してるみたい」

「登山大会優勝経験者ならそうなりますよね……。全然気がつかなかった……」

「他の営業マンに比べて、ロープワークとか上手すぎると思わなかった？」

「確かに……。でも、きっとすごく練習したんだろうな、としか……」

「練習はしたでしょうね。でもそれは、会社に入ってからじゃないの。そもそもうちの会社は、営業マンにそこまで要求しないわ。だからこそ、勝山君がロープワークや野外料理の練習に一生懸命なのを見て、すごいなーって……」

そういえば、バーベキューに行った際、わざわざ悪天候を選んで煮炊きもしてみたと言った大地に、清村はしきりに感心していた。あのときは『わざわざ悪天候』に驚いたのかと思っていたが、やってみたこと自体に驚かれたのか……

「佐藤君はうちで一番知識も経験も豊富なの。だからこそ、彼はあれだけの成績を上げられるし、勝山君にもそうなってほしいと思ってるに違いないわ」

いい教育係に当たってラッキーだったわね、と沙也佳は微笑んだ。

「そうだったんですか……俺はてっきり、新人は全員やってるもんだとばかり」

「これまでも佐藤君の『ノルマ君』になった子たちは、全員同じように言われたはずよ。でも、私の知ってる限り、まともにやろうとしたのは勝山君だけだと思う。しかも、お休みの日に自主トレまでやるなんて、佐藤君はすごく嬉しかったんじゃないかしら。さもなければ、清村に紹介したりもしなかったはずよ」

妻の自分が言うのはなんだが、清村は社内ではあまり評価されていない。むしろ付き合いたくない相手と判断されることも多い。でも佐藤は、口ではなんだかんだ言いながらも、清村を尊敬してくれているし、慕ってくれてもいる。彼はもしかしたら、社内で一番、清村の良いところを知っている人かもしれない。佐藤は経験が豊富な故に、清村が、アウトドアグッズを使う側の安全や利便性を真剣に考えて開発に当たっていることがわかるのだろう。佐藤は、そんな清村のいいところを大地にも伝えたかったのではないか、と沙也佳は推測した。

「勝山君が、清村と付き合ってよかったって思ってくれることが、ひとつでもあることを祈ってるわ……って、話が逸れちゃったわね。とにかく、今日は大丈夫。なにがあってもきっと佐藤君がなんとかしてくれるし、私たちも精一杯頑張る……じゃなかったわ。本当はこれ、清村救済作戦だったのよね」

そこで、からからと明るい笑い声を立て、沙也佳は改めて一礼した。

「本当にいろいろありがとう。大変な目に遭わせてごめんなさいね。とにかく、よろしく！」

沙也佳は、佐藤は清村が大好きだと言うが、本人はそれ以上だ。夫婦なんだから当然だという人もいるだろうけれど、世の中にはそうじゃない夫婦も多い。

夫婦としてあるべき姿を体現しているふたりを見て、大地は羨ましくてならなかった。それと同時に、沙也佳や佐藤がそこまで惚れ込む清村という人への興味がどんどん育っていった。

深々と下げた頭をようやく上げた沙也佳は、そこでいきなり目を見開き、そのままなにかを凝視している。

怪訝に思った大地が、沙也佳の視線を追って振り向くと、総務部や営業部がある建物からこちらに続く道を歩いてくる人影があった。休日しかもアウトドアイベントという場に相応しくないスーツ姿、誰かと思えばそれは、諸悪の根源、田沼常務その人だった。

「なんであの人が……？」

「わからない……。役員予定表では、金曜日に仙台支社の視察に行くことになってたの。てっきり、そのまま週末は仙台で遊んでくるものだとばかり……」

田沼常務は、日頃から決まって金曜日に地方支社の視察を入れる。交通費が会社持ちになるのをいいことに、週末は観光したり、そこにいる友人に会ったりしているそうだ。どこまでもお気楽常務だと評判は最悪だが、それを気にするような相手ではない。それならいっそ目に付かないところにいてくれたほうがいい、というのが大半の社員たちの共通認識だった。

そして今週、田沼常務は仙台に向かった。帰りは日曜日の午後遅くのはずだ、と誰もが思っていた。それなのになぜ、朝っぱらから彼はここにいるのか……

秋晴れの空とは裏腹に、大地は嫌な予感しかしなかった。

二分後、田沼常務が本部テントにやってきた。あたりを見回し、にんまり笑う。おそらく開発部員たちの姿を認めたせいだろう。彼はわざわざ大地のＩＤカードを確かめて言う。

「君が今日の責任者だね。営業部主催のイベントだと聞いていたが、開発部も参加してるみたいだな」

「え、ええ……」

普段から大地は、役員と話をすることなんてない。唯一の経験は採用試験の最終面接ぐらいのものである。緊張でまともに口もきけなくなっている大地に代わって、何食わぬ顔で答えたのは佐藤だった。

「申し訳ありません。参加希望者が思ったより多かったせいでスタッフが足りなくなって、急遽助っ人をお願いしました」

「君は……？」

「営業部の佐藤です。このイベントの企画立案者です」

「ああ、企画会議でプレゼンをやった人だね。あれはずいぶん良い出来だった」

「ありがとうございます。それで田沼常務、今日はわざわざこのイベントのために？」

「出張が早く片付いたから、こちらを見せてもらおうと思ってね。なんといっても初めての試み、しかも今後の売上を左右しかねないイベントだそうだから、私も応援したいんだ」

とかなんとか言って、開発部が関わってることだってあらかじめ知ってたんだろ？　開発部がやらかすのを待ち構えて、清村さんに責任をおっかぶせて飛ばすつもりなんだろ？

佐藤の顔に、そう書いてあるようだった。だが佐藤は、それには一切触れず、にこやかに返す。

「ありがとうございます。あ、そうだ。今日はアウトドア料理がたくさん用意してあります。せっかく来てくださったんですから、常務も試してみてください」

「それは楽しみだ」

大地の頭の中に、狐と狸の化かし合い、という言葉が燦然と輝いた。自分より四年入社が早いとはいえこの落ち着きぶり。やはりこの人はただ者じゃない、と痛感させられる。

いずれにしても、田沼常務はそれ以上の質問もせず、調理用のテントのほうに歩いていった。おそらくイベント終了まであちこちをうろうろしまくって、トラブルに目を光らせるつもりだろう。

「減りが早いわね……」

イベントが始まってしばらくしたころ、参加者たちの状況を見ていた沙也佳が不思議そうに呟いた。

どのコンロの上にも、ほとんどの食材が残っていない。

「どんな勢いで食ったんだ。断食明けかよ!」

吐き捨てるように言った佐藤に、大地が応える。

「断食明けはそんなにがっつけません、むしろ、部活が終わった男子学生しかも超ハードな運動部でコンビニ突撃寸前の奴らです。見た感じ、けっこうお上品な女性もいるのに……」

受付のときはあんなに楚々としていたのに、この食欲はいかがなものか、と佐藤は頭を抱えている。

せっかく来てくれたのに、これじゃあ腹一杯になりっこない……と、大地が申し訳ない気持ちで一杯になっていると、田沼常務がテントに戻ってきた。彼は少し前に席を立ち、客たちのテーブルを見にいっていたのだ。

「おいおい、大丈夫なのか？　全然食べ物が足りてないじゃないか。これでは、『田沼スポーツ』のイベントに行ってみたけど、すごくしみったれてた、って言われるぞ」

だったらもっと予算を寄越せ、と噛みつきたくなる。

今後の業績を左右する大事なイベントという意識があるなら、特別予算を付けるぐらいのことをしてくれてもいいだろう。特別予算どころか、営業部の通常予算を使うことすらままならない状態だったのだから、しみったれてた、はある意味、正解そのものだ。

それなのに、田沼常務はさも心配そうに続ける。

「時間はまだ半分も過ぎていない。それなのに食べ物はほとんど残っていない。早急に対策が必要だ。このイベントが失敗したとなったら、責任は営業、開発の双方にかかってくるぞ」

ここで開発を持ち出す意地の悪さ。いや頭の悪さ、と言うべきか。このイベントはあくまでも営業部主催、責任を問われるとしたら当然、大地、あるいは佐藤、百歩譲っても営業部長だろう。なぜ助っ人に過ぎない開発部を引っ張り出すのだ。もちろん、佐藤は早速反論する。

「田沼常務、開発は手伝ってくれただけです、彼らに責任なんてありません。俺たちが……」

「いやいや、私はちゃんと知ってるんだよ。実はこの企画、最初から開発部が絡んでいるそうじゃないか。となると、責任だって当然……」

バレてたのか……

成功した暁には、なんとか清村の手柄にしたい、その一念でおこなった根回しが裏目に出たようだ。ただの名ばかり常務だと思っていたのに意外と侮れない。飼い殺しを免れて常務にまでのし上がったのも、この情報力があってのことかもしれない。

大地の背中を冷たい汗が流れた。ところがここでも、佐藤は平然としていた。

「そういう責任論は後回しにしましょう。とりあえず今は対策を急がないと」

「見たところ、みんなそれぞれ忙しそうだ。手が空いているのは清村君ぐらいじゃないのか？」

「清村課長は目下、魚を捌くのに忙しいんです！」

思わず大地は、そう叫んでしまった。

事実、『魚の捌き方講座』で、自分で魚を捌いてみたいと言った参加者は十四名しかいなかった。その十四名も一匹を捌き終えた段階で満足してしまい、二匹目を捌こうとする者はいなかったのだ。だが魚は五十四用意されているし、捌くのはごめんだが食べるのは大歓迎という参加者が大半、やむなく残りは清村と金森の父親の手に託された。

そんなこんなで、目下ふたりは、開発部のミニキッチンでアジを捌きまくっているのだ。

「対応なら俺がします。このイベント責任者は俺ですから！」

そう言い捨て、大地は調理用テントに向かった。

調理用テントでは、金森たちが心配そうな顔で参加者たちのテーブルのほうを見ていた。近づいてくる大地に気がつき、あからさまにほっとした顔になる。

金森たちは下拵えを終えたあともテントに留まり、会場の様子を見守ってくれている。

イベントが始まってしまえば彼らはお役御免、長々と付き合わせるよりも帰ってもらったほうがいいかもとは思ったのだが、イベント終了後、打ち上げも予定されている。できれば最後までいて、そちらにも参加してほしかった。そして今、大地はつくづく、彼らを先に帰さずにおいて良かったと考えていた。

「かなもりぃ……」

調理用テントに着くなり泣きそうになった大地を見て、金森が慌てて訊ねる。

「どうしたの？」

「うちの役員から、飯が足りねえからなんとかしろってお達し。どうしよう……」

「あー……やっぱり……」

金森たちも先ほどからずっと、あれでは料理が足りないのではないか、と心配していたそうだ。

元祖『包丁部』、そして先輩である大地の名誉にかけて、不味いものなんて出すわけにいかない。気合マックスで調理に臨んだ結果、どのテーブルからも瞬く間に料理は消えていった。

参加者は皆、次の料理はまだか、と待ち構えている。アウトドアとはいえ、料理がメインのイベントでこの状況はいたたまれない、と後輩のひとりが訴える。

さらに別の後輩が言う。

「言われるままに料理の量を減らしちゃったんだけど、やっぱり間違いでした」

「量を減らした？　それに、言われるままにって誰に？」

怪訝すぎる発言を問い質すと、彼は申し訳なさそうに答えた。

「あそこにスーツの人がいるじゃないですか。あの人が、そんなにたくさん作っても食べ切れない。残ったら捨てるしかないし、もう少し作る量を控えろって」

金森もひどくすまなそうに言う。

「イベントの主旨を考えたら足りないぐらいがちょうどいい、とも言われた。俺もついうっかり『腹一杯で大満足』よりも、『すごく美味しいからもうちょっと食べたい、家でも作ってみよう』になってもらえるほうがいいかなって思っちゃったんだ」

男はなんだかすごく居丈高（いだけだか）だった。調理用テントに張り付いて、それ以上作るなと言わんばかりに睨みを利かす。スーツの胸元に『田沼スポーツ』の社員証も付いているし、これはきっと会社の偉い人だと判断し、金森たちは食材の量を減らしたらしい。

「あのクソオヤジ、そんな小細工をしておいて、料理が足りないから何とかしろなんて、どこまで性悪（しょうわる）なんだ！」

「勝山君は全然知らなかったってことか……」

「知ってるわけないだろ！　もともと予算が足りなくて十分とは言えない量だった。そのまま全部作って出したって、物足りない感満載。最初から『もうちょっと食べたい作戦』は織り込み済みだったんだよ。それをさらに減らしたら、あっという間に食い尽くされて当然じゃないか」

「そうだよね、それぐらいは想定済みだよね。ごめん！」

「金森は悪くない」

「悪いのは俺たちです。やっぱり勝山さんを探して相談すべきでした！」

「君らも悪くない！　悪いのは、ひたすらあのおっさんだ！　でも、今はそれもどうでもいい。とにかくなんとかしないと」

金森と後輩たちが一斉に動き始めた。材料は残っているのだから、大急ぎで作ればなんとかなる、というのだ。だが、大地はすぐに彼らを止めた。

「ちょっと待って。それだと、同じ料理を出すことになる」

「そっか……。どうせなら違う料理を出したいよね」

「そういうこと。ひとつひとつの量は減っても、品数が増えれば結果としては満足のいくものになるはずだ」

参加者たちのコンロの上では、目下最後の料理、シーフードリゾットが煮えつつある。

マシュマロフォンデュの用意はできているから、すぐに出せるが、リゾットより先にデザートというのはおかしい。幸い、リゾットができるにはもう少し時間がかかるから、その間に次の料理を作るしかない。

手っ取り早く作れる料理は何があっただろう……

レシピ集の中身を思い出そうとしたとき、金森が大地の袖を引っ張った。

「あのさ、差し支えなければこれを使ってくれないかな……」

「え……？」

「下拵えが半分の量になっちゃったから、時間が余ったんだよ。手持ち無沙汰に、こんなものを作ったんだ」

そう言うと金森は、調理台として設置された折りたたみテーブルに近づき、大型トレイにかけられていたアルミホイルを剝がす。そこには縁日や文化祭でお馴染みの串刺しが並んでいた。

「あ……焼き鳥！」

「焼き魚とローストビーフだとは聞いてたんだけど、せっかくの炭火だろ？　どうしても焼き鳥を焼きたくなっちゃってさ。鶏肉も残ってたし、打ち上げをするって言ってたから、そのときにでも食べればいいかなって……」

旨いよな、炭火で焼いた焼き鳥……と納得したあと、大地はテーブルの上にもうひとつトレイがあるのを発見した。こちらはなにか丸いものを包んだアルミホイル。焼き芋でも作るつもりだろうか、と思っていると、金森が説明してくれた。

「それは焼きリンゴ。ダッチオーブンがあるならすぐできるし」

「焼きリンゴかあ……それは、女性が喜ぶかもな」

「だろ？ 人気があるけど家ではなかなか作らない。でも、温かいし甘いし……」

「なるほど。でも、このリンゴはどこから？」

「これさあ……実はもらい物なんだ」

どういうわけか今年はリンゴの頂き物が多い。大きな箱で届いて、食べたり配ったりしてようやく空にしたかと思ったら、また届く。そんなことが二度、三度と繰り返され、金森家ではリンゴが余りまくっていたそうだ。

勝山君や後輩たちにも食べるのを手伝ってもらおうと思って持ってきたんだけど……と金森はなんだか申し訳なさそうに言った。

「ごめんね、勝手なことして」

「とんでもない！ 地獄に仏だよ！ 大感謝だ！」

「どういたしまして、と威張りたいところだけど、発案者は彼ら。今年の末那高祭で大人気だったんだってさ」

金森の言葉で、そこにいた後輩たちがぴょこんと頭を下げた。聞けば、焼き鳥を焼いてみてはどうか、と言い出したのも彼らしい。

「なんだ、そうだったのか」

「ごめんごめん。あやうく、君たちの手柄を横取りするところだったね」

謝る金森に、後輩たちは両手をぶんぶんと横に振っている。きっと、そんなことが気にならなくなるほど、金森は後輩の相談にも乗ってやっているのだろう。

「タレも作ってあるし、焼き鳥なら大して時間もかからずに焼ける。焼きリンゴは時間がかかるけど、デザートだからそのほうがいいだろ？」

とにかくコンロの上に料理があることが大事だ。リゾットで終わりじゃないとわからせるだけで、文句を封じることができるだろうと金森は言う。

「何から何までありがとう！　ほんとさすが金森大明神！」

「そこまで言うことじゃない。それに、焼き鳥も焼きリンゴも量は知れてる。時間稼ぎにはなるけど、できればほかにもなにか作ったほうがいい」

「だな」

とりあえず各テーブルに、焼き鳥とアルミホイルに包んだリンゴを配布させる。食材を持ってテーブルに戻っていく開発部員たちを見て、大地ははっとした。

あそこにはきっと食材がある……

「ちょっと、ごめん！」

言うが早いか、大地は猛ダッシュで第二開発室を目指す。

そこにはかなり大きな冷蔵庫があり、普段からけっこういろいろな食材が入っている。きっと、開発部員たちが、いつ泊まり込みになっても大丈夫なように備蓄しているのだろう。さらに、彼らは今日、燻製を作ろうとして試作の段階で失敗してしまった。目的はイベント後の打ち上げのつまみだったようだから、それなりの量の食材が用意されていたはずだ。

走り出した大地を見て、金森、そして後輩の何人かがついてきた。冷蔵庫の中身を見て、何を作るか相談したほうがいいと思ったのだろう。

なんて心強い……と半ば感動しつつ、大地は第二開発室に到着した。

「なんだ、けっこうあるじゃない。でも……これってたぶん私物だよね？」

会社の予算で買ったはずがない。おそらく清村か他の開発部員が自腹を切ったに違いない。それを勝手に使ってしまっていいものか、と金森は心配する。だが、大地に言わせれば『背に腹は代えられない』だった。

「外に買いに行く時間はない。でもここに食材はある。しかも、燻製にしたくて買った食材だけど、肝心の燻製機は使いものにならない。だったら、使ってしまおう。どうせ叱られるのは俺だ」

金森や後輩たちまで責められることはない、と断言し、大地は冷蔵庫の中から次々食材を取り出した。

「チーズとササミ、あとはウインナーとベーコン、お、明太子(めんたいこ)まである！」

これで何が作れるのだろう。大地が必死に考えていると、金森が声をかけてきた。

「玉葱や人参も残ってる。ピーマンも椎茸も……」

「よし。あとは……あ、小麦粉もあるはずだ！」

以前、ブラックバスをソテーにしたとき、大量の小麦粉があった。清村が粉塵爆発を起こそうとして買い込んだらしいが渋谷に見つかって未遂、その後、グラウンドで爆発が起こったという話は聞いていない。パン屋か菓子屋に横流しをしていない限り、今も開発室のロッカーにあるはずだ。

「小麦粉！」

後輩たちが歓声を上げた。あまりの声の大きさに、いったいこれはどうしたことだ、と思っていると、どうやら現役『包丁部』のメンバーは、小麦粉料理がお得意らしい。

「小麦粉があるならこっちのものです。肉もキャベツもあるからお好み焼きが作れますし、チヂミもいけます」

「油があるなら、アメリカンドッグもいけます」

アメリカンドッグは、ウインナーとホットケーキミックスで簡単に作れるスナックだ。子どもにも大人気だから、『野外飯』だけでなく、家庭料理としても喜ばれるはずだ、と金森は言う。

けれど、今日用意した食材の中にはホットケーキミックスはない。ベーキングパウダーでもあれば、小麦粉と合わせて使えるがそれもない。ふわふわのアメリカンドッグを作ることは不可能だった。

さすがに無理がある、と言う大地に、金森はにやりと笑う。

「これも拝借しちゃおうよ」

金森が指さしたのは、薬品棚にある『重曹』と書かれた箱だった。

「重曹は昔からふくらし粉として使われてきたんだ。ベーキングパウダーと違って使いすぎると苦みが出ちゃうけど、量を考えれば大丈夫だよ。それに、これがあればピザも作れる」

「ピザ！　明太子とか使ったらすごく旨そう！」

後輩のひとりが嬉しそうに言ったあと、ちょっと眉を顰めて訊く。

「金森さん、それ、掃除用じゃないでしょうね？」

「大丈夫。これは明らかに実験用。純度が高いし、その分値も張るだろうけど、この際そんなことは構ってられない。そうだよね、勝山君？」

そのとおり……と大地が答える前に、後ろから野太い声がした。

声の主は清村、彼はアジを捌きまくって客たちのテーブルに届けたあと、暫く焼け具合を見ていた。おそらく無事に焼き上がったあと、ミニキッチンの後始末をしなければならないことに気付いて戻ってきたのだろう。

「もちろんだ。あるものはなんでも使ってくれ。なんなら予備もある」

そう言ったあと、清村は薬品棚の後ろのほうにあった未開封の箱を出してくれた。

「これだけあれば大丈夫だろ？」

「使っちゃっていいんですか？」

「これは会社のイベントだ。使って悪い理由がない。他にも使えそうなものがあったら……」

「十分です。よし、急ごう！」

冷蔵庫の食材と小麦粉、そして重曹の箱を抱え、大地たちはまた猛ダッシュで調理用テントに戻った。

どやどやと移動してきた大地たちを見つけたのか、佐藤も調理用テントにやってきた。

「大丈夫か、勝山？　なんとかなりそうか？」

「なんとかします。テーブルはどうなってます？」

「キャーキャー言いながら鶏とリンゴを焼いてる。あれなら、リゾットが煮えるまで大丈夫だ」

「じゃあ、リゾットはもうちょっとしっかり煮込んで、そのあと、鍋にアメリカンドッグを揚げるための油を入れて温めといてください。そこでも少し時間が稼げるでしょう。俺が指示を出しに行くべきなんでしょうけど、あいにく今……」

「わかってる。あっちの仕切りは俺が引き継ぐ。おまえはここを頼む」

「ラジャー！」

「俺はどっちを手伝えばいいんだ？」

そう言って割り込んできたのは清村……、大地の気分は『まだいたのか、あんた』だった。佐藤はさらにひどいことを言う。

「清村さんはここにいて、精一杯『働いてるふり』してください！」

「ふり……」

「くれぐれもなにかしようと思わないこと。邪魔になります。ご心配なく、手柄は全部清村課長のものにしますから」

「うわあ、それじゃあ俺、目茶苦茶嫌な奴じゃないか！」

「今更です」

「あんなにアジを捌きまくったのに！」

「それ、目的は自分の技術向上でしょ？」

とことん佐藤にやり込められ、清村は思いっきり情けなさそうな顔をする。

それでも、ふと思い付いたようにスマホを取り出した。どうやらふくらし粉として使う場合の、小麦粉に対する重曹の比率を調べ始めたようだ。確かにそれは目下の急務、そして清村に相応しい仕事だった。


ピザ生地をこねる者、食材を刻む者、そこらの調味料を混ぜ合わせピザソースを作る者……テントの隅ではウインナーを串に刺している者もいる。あらゆる作業が並行しておこなわれ、まるで学園祭当日のような忙しさ。それでいて、学園祭よりも遥かにハイスピードで仕事が進んでいく。

大地ひとり、あるいは営業部や開発部のメンバーがいたとしても、とてもじゃないがこうはいかなかった。大地はつくづく、助っ人に来てくれた後輩たちと彼らを集めてくれた金森に感謝した。

あと少し……というところで、佐藤が駆け込んできた。

「勝山、限界だ。焼き鳥も焼きリンゴも食っちまったし、リゾットも量が少ないから煮上がりが早い。これ以上は引き延ばせない！」

ダッチオーブンの中には米とアジの切れっ端と玉葱、人参、パプリカの微塵切り、そしてコンソメスープの素が入っている。生の魚を使っているから、冷凍のシーフードミックスよりも遥かに風味が良いし、チーズとの相性も抜群だ。参加者たちは、生唾を飲み込みながら仕上がりを待ちわびているのだろう。

「うー、もうちょっと時間がほしかった。でも、仕方ありません。サービス係に盛り付けを任せて、コンロ番の人を呼んでください」

即座にとって返し、佐藤は各班の調理係を連れてきた。彼らを前に、大地はここからの段取りを説明し始める。

「ピザは生地の形成まで終わってますから、トッピングは各班でお願いします。具は刻んでありますから適当に持っていってください。それでも足りなそうなら、お好み焼きもできます。あと、油を火に……」

「勝山君、落ち着いて。油はもうコンロに載ってるよ」

金森ののんびりした声で、焦りまくっていた気持ちがすっと冷めた。

ピザを焼くには時間がかかる。その間に、アメリカンドッグを揚げられるように、前もって油を温めておくように指示を出したことをすっかり忘れていたのだ。

「そうだった……」

がっかりする大地に、佐藤が先を促す。

「落ち込んでる暇はない。油は良い感じに温まってる。それで何を作るんだ？」

「串刺しのウインナーがありますから、この生地を絡めて油に放り込んでください」

「アメリカンドッグか！　子どもがいる家庭は大喜びだ」

「焦がさないように適当にくるくる……」

「わかってるって！　でもこれ、一度には運べないな……」

「俺たちが手伝います。ついでに仕上げもやっちゃいますよ」

後輩たちが名乗り出て、各班の調理係と一緒に食材が入ったトレイやボウルを運び始める。

若いサービス係の登場に、参加者たち、特に女性がひどく嬉しそうな顔になった。しかも、あっちこっちであの子がかわいいだの、こっちがイケメンだの評価に忙しい。

料理を手伝いに来てもらったのに、とすまない気持ちでいっぱいになったが、よく見ると後輩たちはまんざらでもない顔をしていた。

金森が大笑いで言う。

「うちは男子高だからね。女性に接するだけで嬉しいってのはあるんだろ」

「そういうこと？」

「そういうこと。ほら、あの辺のお客さんなんて相当若いじゃない？　たぶん大学生だよ」

「まわりにJKがいないから、いっそJDでもってことか……」

「昔からうちには、たいていひとりぐらい『料理ができれば女にもてる』って豪語する部員がいたじゃない。『包丁部』の伝統はしっかり受け継がれてるってことだよ」

大地はつい、そんなの伝統じゃねえよ、と笑いそうになる。だが、とにかく後輩たちは楽しそうに参加者の相手をしてくれているし、料理だって上手い。

参加者ひとりひとりの好みに合わせて、ピザのトッピングを選んだり、アメリカンドッグの衣の厚さを決めたり、彼らは料理人はもちろん、俄執事たちよりも遥かに『使える』人材だった。

若い料理人たちが手際よく仕上げたおかげで、手持ち無沙汰になることもなく、参加者は無事腹八分目状態に到達した。

清村がほっとしたように言う。

「なんとかなったな……」

「それ以上です。商品についての質問が増えてきたみたいだし……」

佐藤がそう言いながら、近くのテーブルのほうに目をやる。そこでは、営業部員のひとりが会場の隅に設けられたテントを指さしながらなにかを説明している。

そのテントは、アウトドアグッズの展示スペースとなっており、今日調理に使ったバーベキューコンロやダッチオーブン、もっと手軽に調理ができるアウトドア用のバーナーなども置かれているし、片隅には『金森堂』の包丁や鱗取りも並べられている。小さな物であれば、その場で買って持ち帰れるし、コンロなどの大物を発送するための宅配便の手配もできていた。

ちょっと様子を見てくると言って、佐藤が展示スペースに出かけていった。暫くして戻った彼は、満面の笑みを浮かべていた。

「かなり売れてた。特にダッチオーブンは用意した分を売り切って入荷待ち状態。コンロのほうも四、五人用がいくつか売れた。この短時間でこれだけの料理が味わえるのはすごい、だってさ。もっとも、それより売れてるのは包丁だけどね」

「え、本当ですか？」

驚きの声を上げたのは、もちろん金森だ。佐藤は苦笑いで説明する。

「そりゃそうだろ。君のお父さん、『魚の捌き方講座』で料理の味を左右するのは包丁の切れ味だって言いまくったんだぞ。おまけに、うちで買ってくれたらその後の手入れもお任せって言ってたし、値段だって格安。それならここで……と思っちゃうよ」

「じゃあ、『田沼スポーツ』さんのナイフ類は……」

「残念ながら一本も売れず」

「すみません！」

さすがに申し訳ないと思ったのだろう。金森は米つきバッタのように頭を下げ続けた。だが、佐藤はまったく頓着しない。

「気にしなくていいよ。お礼を言わなきゃならないのはこっちなんだから。魚の手配はもちろん、後輩君たちを呼び集めてくれたのも君なんだってね。『金森堂』さんの協力がなかったら、今回のイベントは大失敗、それどころか開催すらできなかったかもしれない。それを考えたら、ナイフが売れないことぐらいなんでもない。こう言っちゃあなんだが、ナイフよりダッチオーブンやコンロのほうがずっと単価が高いしね」

「ならいいんですけど……」

神妙な顔で答えてはいるが、金森は本当は喜んでいる。それが大地にははっきりわかる。なぜならついさっきまで、金森はこっそり、持ち込んだ包丁類が全部売れた場合の利益を計算していた。さらに、すごい、大儲け（おおもう）だ……なんて呟きまで……

おかげで大地はすっかり気持ちが軽くなった。貴重な休日を大地のために潰させ、その上商売上の利益がゼロでは、申し訳なさすぎる。今後の売上に繋がるかどうかは謎だが、とにかく売れてよかったの一言に尽きた。

佐藤はさらに続ける。

「君のところ、本当はダッチオーブンも扱ってるんだってね。それも家で使えるような簡単で値段が安いタイプが主流だっていうじゃないか。それなのに、持ってこなかった。その心遣いに大感謝だ」

今日のイベントで、いきなりキャンプに行こうと考える人は少ないだろう。コンロが数点しか売れなかったのがその証拠だ。

反面、ダッチオーブンは飛ぶように売れた。あまりにも料理が旨くて、これなら家で使ってみたいと思った人が多かったに違いない。性能は良いが、値段も高い。それでも在庫切れになるまで売れた。だがそこに、もっと低価格で試しやすいタイプが並んでいたらどうなっただろう。もしかしたら『田沼スポーツ』のダッチオーブンは選ばれなかったかもしれない。

「『田沼スポーツ』さんの製品は、確かに値段は高いですが、本当にしっかりしていて長く使えます。うちで扱ってるのは、いわゆるアルミ鍋みたいなもので一生物じゃありません。ここに来た人たちは、アウトドアに興味を持っている人ばかりです。それなら品質のいいものを買って、大事に使ってもらったほうがいいと思います」

　金森の話を聞いた佐藤が、感嘆の声を上げる。

「君は根っからの道具屋なんだな……。『田沼スポーツ』にスカウトしたいぐらいだ」

　佐藤は、勝山の代わりにうちに来ないか、と嫌な冗談を言う。ここでさらっと流してしまわないところが、金森の金森たる所以だ。『キングオブいい人』は、真っ正面から佐藤の目を見て言う。

「そういうことを言ってはいけません。勝山君はすごく優秀です。そりゃあ、成績とかはぱっとしませんけど、人を引き寄せる力がすごいんです。口では散々貶したりしながらも、いざ勝山君が困ってたら、なんとかしなきゃ……って駆けつける人間がいっぱいいます。俺とチェンジしたって会社の得になんてなりませんよ」

「かなもりぃ……」

　恒例のヘビーハグに、佐藤は『げっ！』と言わんばかりの顔になった。

確かに二十歳を超えた男同士が抱き合う姿なんて、余程の好き者じゃない限り見て嬉しいものではないだろう。無理やり目を逸らした佐藤が、今度はひどく嬉しそうな声を上げた。

「勝山、見ろよ、あの悔しそうな顔」

慌てて振り返ってみると、田沼常務の姿が目に入った。彼は、一目で悔しがっているとわかるほど歯を食いしばって、参加者たちが飲食する姿を見ていた。

「どの参加者も楽しそうだし、満足しまくり。ざまあみろ、です」

「清村さんの粗探しに来たのにお生憎様。イベントは大成功だ。せめて商品が売れてなかったら突っ込みようもあるだろうけど、在庫を一掃するほどの好評。ついでに、営業も開発も共同戦線を張って、参加者の声を拾いまくってる。販売にも商品開発にも生かせる貴重な生の声だ。あのクソオヤジはぐうの音も出ないさ」

「ってことは、清村課長は……」

「ま、暫くは安泰だろうな。存分に研究に没頭できる」

「逆恨みされたりしませんか？」

「あのクソオヤジにはそんな根性はないよ。清村さんは一匹狼タイプに見えるから、叩いても誰からも責められない、味方はいないと思ってたんだろう。実際に、あの人のために動く人間がいるってわかったら、手出しなんてしないさ」

「その『動く人間』が俺たちみたいな下っ端の若造でもですか？」

「家庭を持ってたり、ある程度出世してたりする人間は失うものも多い。だからついつい理不尽だとわかってても、従わざるを得ないときもある。その点、俺たちみたいな若い人間はある意味恐いものなし。力任せに体当たりされたら、反論ひとつできないのがあのクソ常務だ」

「どこまで腐ってるんだ！」

「だからこそ嫌われるし、馬鹿にもされる。とにかく、次にまた直接やり合ったりしない限り、清村さんは大丈夫だ」

「やったー‼」

それもこれもこのイベントが成功したおかげ、よく頑張ってくれた、と佐藤は改めて大地に頭を下げた。同時に、金森と後輩たちにも……

見るからに仕事ができそうな大人である佐藤に深々と頭を下げられ、高校生たちは大慌て、それを見た金森は大笑いだった。

大地は調理用テントからグラウンドに目を移す。

空になったリゾットの皿を回収する開発部員、熱い牛乳の中にマシュマロを溶かし込み、マシュマロフォンデュの準備をする営業部員、それを見守りながら、少々火が通りすぎてくたくたになった焼きリンゴを分け合う客たち……どの顔にも自然な笑顔があった。

焼きリンゴのシナモンの香りが漂う中、みんなの笑顔を見回しながら大地は思う。

美味しいものが大嫌いという人は滅多にいない。自分が食べて喜びたい人もいれば、誰かに食べさせて喜んでもらいたい人もいるが、とにかく美味しい料理には、人を笑顔にする力がある。

これまで大地はもっぱら食べて喜ぶ人だった。

そもそも高校時代に『包丁部』に入ったのは、交通事故あるいはキャッチセールスに捕まったみたいなものだ。料理をすること自体に気が乗らなかったし、やってみても失敗ばかりで、先輩が作ってくれたものを旨い旨いと平らげていただけだった。たまたま作った料理が褒められることもあったが、ほとんどがまぐれ当たりで、積極的に挑んだ結果ではなかった。

そんな自分が、このイベントでは徹底して食べさせる側に回った。進行役だったため、料理をすることはなかったけれど、焼き鳥一本、リゾット一口すら食べていない。そして今日、当初から予定されていた料理はすべて、大地が用意したレシピどおりに作られた。追加で作った焼き鳥、アメリカンドッグ、ピザ、焼きリンゴなどは例外だったが、それすら『末那高包丁部』に代々伝えられてきた味だ。大地の料理は、元を正せばすべて『末那高包丁部』に辿り着くのだから、『大地の味』と言っても過言ではないだろう。

自分の味、自分の料理が、食べた人の笑顔を引き出す。それは、美味しい料理を食べることと同等、あるいは、それ以上の喜びだ。大地は、後輩に乞われるたびに、苦笑いしながらもせっせと料理を作ってくれた『包丁部』の先輩の気持ちが、ようやくわかったような気がした。


第一回『野外飯は旨い！』イベントが終了してから、二週間が過ぎた。

あの日、参加者たちは満腹とはいかないまでも、予定より増えた品数に大喜びし、口々に『次も参加したい』と言いながら帰っていった。

参加者の三分の一はダッチオーブンやバーベキューコンロを注文してくれたから、『田沼スポーツ』としても大喜びだったし、持ってきた包丁や鱗取りを売り尽くした『金森堂』も満足してくれたはずだ。

大地もSNSなどをチェックしてみたが、『野外飯は旨い！』イベントの評判は上々、キャンプに行ってみたくなった、という声も見られた。二度、三度と続けるうちに、少しはアウトドア人口を増やすことができるかもしれない。

田沼常務は、依然として面白くなさそうな顔で清村を見ているが、会議のたびに開発部に難癖をつけることはなくなった。あのイベントは営業部と開発部の共同運営で、しかも大成功だったのだから、清村の責任を問うことはできない。彼を開発から外すことはあきらめるしかない、と判断したのだろう。

当の清村は金森の父親とすっかり意気投合、冬になる前に房総に海釣りに行こうと盛り上がっている。沙也佳から聞いた話では、すでに一度渓流釣りに行き、金森の父親の釣り仲間にも紹介済みだそうだ。

やけに動きが速いと思ったら、どうやら釣りに行く話はイベント当日、『魚の捌き方講座』の直後から始まっていたらしい。

大方の予想どおり、清村の包丁捌きは悲惨そのものだった。それでも彼は頑張り続け、なんとか『見られる程度』には捌けるようになった。ふたりでせっせとアジを捌く間に、清村は自分も釣りが趣味だという話をしたのだろう。だからこそ、自分で捌けるようになりたいのだ、と……。そして、それを聞いた金森の父親が、じゃあ一緒に行こう、と誘った――そんな光景が目に浮かんだ。

佐藤は、開発の仕事から外されるかどうかの瀬戸際だったのに、あまりにも呑気すぎる、と呆れ返った。いや、正確には怒っていた。大地は、無理やり釣りに付き合わされるよりはいいと思うが、佐藤は佐藤なりの考えがあるのだろう。付き合いが長いだけに、募る苛立ちもあるのかもしれない。

いずれにしても、清村は相変わらず開発の仕事に勤しんでいる。

先週だったか、大地は廊下で清村に出くわした。どうやら急いでいたらしく、目礼だけですれ違ったが、そのとき彼は釣り竿を持っており、勢いよく商品企画部に入っていった。今まで『田沼スポーツ』は釣り具を売るだけで作っていなかったが、清村は今後、オリジナルの釣り具制作に取り組むつもりかもしれない。そうなったとき、金森の父親たちは絶好のモニターになってくれるだろう。

——あの人は面白い人だ。『田沼スポーツ』に『包丁部』を作るなんてとんでもない……って思ったけど、やってみたら案外楽しいし、魚の捌き方まで覚えられた。レシピを自分で考えるって、すごく難しい。でも、その分、うまくいったときの満足感がすごい。しかも、それが仕事にも役に立つ。

せっかく『田沼スポーツ包丁部』を作ったんだから、地道に活動していこう。第二回『野外飯は旨い！』イベントがあるかどうかはわからないけど、もしあったとしたら、もっともっといいものにしたい。今度は田沼常務の変な横やりも入りっこないし、参加者にも今回よりずっと楽しんでもらえるだろう。それが売上に繋がるなら、言うことなしだ。

そうだ……今はレシピもリーフレットだけど、いずれまとめて冊子にするって手もあるな。田沼スポーツ包丁部監修アウトドアクッキングレシピ集……いやいっそ『大地の野外飯レシピ』なんてタイトルで……。金森や『包丁部』の先輩後輩たちに、さぞや突っ込みまくられるだろうな……

料理上手の先輩たちが、『俺を差し置いて！』と怒り出す様子が目に浮かび、大地はくすりと笑った。

この作品は二〇一八年十一月小社より刊行されたものです。

幻冬舎文庫

●好評既刊
放課後の厨房男子
秋川滝美

通称・包丁部、いわゆる料理部は常に部員不足で存続の危機に晒されている。今年こそ新入部員を獲得しなければ、と部員たちが目をつけたのは……。男子校を舞台にした垂涎必至のストーリー。

●好評既刊
放課後の厨房男子 野獣飯？篇
秋川滝美

通称・包丁部の活動拠点である調理実習室には今日もとっくに引退した3年生が入り浸る。存続の危機に直面する男子校弱小部を舞台に繰り広げられるガッツリ美味な料理に垂涎必至のストーリー。

●好評既刊
放課後の厨房男子 まかない飯篇
秋川滝美

喫茶店ケレスの特筆すべきはメニューの豊富さ。早速バイトの面接に向かった大地は……。焼き肉ピラフや特製オムライスなど、まかない飯もとびきり美味。垂涎必至のシリーズ第三弾。

●好評既刊
陸くんは、女神になれない
田丸久深

高校生の一花には秘密がある。思いを寄せる幼馴染・陸の女装趣味に付き合い彼の着せ替え人形になっている事だ。少年少女たちの恋心と、秘められたセクシャリティが紡ぐ四つの優しい物語。

●好評既刊
鳥居の向こうは、知らない世界でした。5 ～私たちの、はてしない物語～
友麻　碧

異界「千国」で第三王子の妃となり薬師としても働く千歳に娘が生まれた。娘が十五歳になったある日、関係が悪化する大国から縁談が舞い込み……。繋がっていく母娘の異世界幻想譚、ついに完結！

田沼（たぬま）スポーツ包丁部（ほうちょうぶ）！

秋川滝美（あきかわたきみ）

令和3年8月5日　初版発行

発行人——石原正康
編集人——高部真人
発行所——株式会社幻冬舎
〒151-0051東京都渋谷区千駄ヶ谷4-9-7
電話　03(5411)6222(営業)
　　　03(5411)6211(編集)
振替00120-8-767643
印刷・製本—図書印刷株式会社
装丁者——高橋雅之

幻冬舎文庫

ISBN978-4-344-43106-5　C0193　あ-64-4

幻冬舎ホームページアドレス　https://www.gentosha.co.jp/
この本に関するご意見・ご感想をメールでお寄せいただく場合は、
comment@gentosha.co.jpまで。